KB099115

사상의 꽃들 1

반경환 명시감상 5

국립중앙도서관 출판예정도서목록(CIP)

사상의 꽃들. 1, 반경환 명시감상 5 / 지은이: 반경환. —
대전 : 지혜, 2017
    p. ;   cm

ISBN 979-11-5728-222-7 04810 : ₩10000
ISBN 979-11-5728-220-3 (세트) 04810

시 평론[詩評論]
한국 현대 문학[韓國現代文學]

811.709-KDC6
895.715-DDC23   CIP2017006539

사상의 꽃들 1

반경환 명시감상 5

지혜

저자서문

　시인은 꽃을 가져오는 사람이고, 철학자는 사상(정수精髓)을 가져오는 사람이다. 쇼펜하우어는 시와 철학의 상관관계를 매우 정확하게 알고 있었던 세계적인 사상가였다.

　시인의 세계는 상상력의 세계이며, 그가 펼쳐 보이는 세계는 아름답고, 신비로우며, 환상적이다. 여기가 아닌 다른 곳, 그 다른 세계로 우리 인간들을 인도하며, 그의 시세계는 활짝 핀 꽃과도 같은 아름다움을 가져다가 준다.

　어떤 시인은 살아 있어도 이미 죽은 것이지만, 어떤 시인은 이미 죽었어도 영원히 살아 있는 것이다.

　사상은 시의 씨앗이고, 시는 사상의 꽃이다.

　이 사상과 시가 있기 때문에 우리 인간들의 삶은 아름답고 행복한 것이다.

　『반경환 명시감상』에 이어서, 이 『사상의 꽃들』1, 2권을

탄생시켜준 나태주, 정호승, 문인수, 김혜순, 반칠환, 문
태준, 손택수, 김사인, 송종규, 오현정, 복효근, 공광규,
길상호, 곽효환, 송수권, 송찬호, 이하석, 고영민, 김기
택, 강기원, 이서빈, 김점용, 성미정, 문정희, 엄재국 등
의 91명의 시인들과 그동안 『반경환 명시감상』을 너무나
도 뜨거운 마음으로 사랑해준 독자 여러분들에게 진심
으로 감사를 드린다.

　좀 더 정확하게 말한다면, 독자 여러분들은 이 책의 저
자였고, 나는 독자 여러분들의 시심詩心을 받아 적은 필
자에 불과했다.

　나는 이 『사상의 꽃들』 1, 2권을 쓰면서, 너무나도 행
복했고, 또, 행복했었다.

　　2017년 봄날, '애지愛知의 숲'을 거닐면서……

차례

2부

3부

4부

나태주 정호승

오현정 문인수

김혜순 반칠환

문태준 손택수

한이나 송종규

박형권 복효근

오현정

나태주

풀꽃

자세히 보아야
예쁘다

오래 보아야
사랑스럽다

너도 그렇다.

— 나태주 시집, 『풀꽃』에서

나태주 시인의 「풀꽃」은 대한민국 최고의 애송시愛誦詩가 되었고, 이 「풀꽃」의 명성은 김소월의 「진달래」와 윤동주의 「서시」와도 같은 반열에 올라섰다고 해도 과언이 아니다.

　　왜 풀꽃인가? 풀꽃은 보통명사이면서도 집합명사이고, 그 모든 이름없는 꽃들을 대표한다. 오늘날은 민족의 영웅과 귀족들이 사라져간 시대이며, 주권재민主權在民이라는 말이 있듯이, 이름없는 개인들이 민주주의를 이끌어 나가고 있는 시대라고 할 수가 있다.

　　풀꽃은 개인이면서도 민중이라고 할 수가 있다. 나태주 시인의 「풀꽃」은 이 민중들의 삶을 통해서, 그들의 삶을 옹호하고 찬양한 시라고 할 수가 있다. "자세히 보아야/ 예쁘다"는 것은 관찰의 중요성을 뜻하고, "오래 보아야/ 사랑스럽다"는 것은 성찰의 중요성을 뜻한다. 관찰이란 어떤 사건과 현상들을 살펴보는 것을 뜻하고, 성찰

이란 그 살펴봄을 통해서 그 사건과 현상들에 대한 인과
관계를 밝혀내는 것을 뜻한다.

　"자세히 보아야/ 예쁘다"는 것은 너와 내가 상호 관심
을 가질 때 다같이 예쁘게 보인다는 것을 뜻하고, "오래
보아야/ 사랑스럽다"는 것은 너와 내가 서로 믿고 살아
갈 때, 우리는 다같이 '한마음—한몸'이 될 수 있다는 것
이 된다. 사랑하는 사람들만이 이 세상을 아름답고 행복
하게 만들 수가 있는 것처럼, 너와 나는 풀꽃처럼 서로
어울려 살아가지 않으면 안 된다. 예쁨은 관찰의 결과가
되고, 사랑은 성찰의 결과가 된다.

　"자세히 보아야/ 예쁘다// 오래 보아야/ 사랑스럽다//
너도 그렇다"라는 시구들 중, "너도 그렇다"는 시구는 그
관찰과 성찰을 넘어서서, 최고급의 인식의 결과인 '사상
의 차원'에서, 우리 인간들의 인문주의를 옹호하고 찬양
한 것이라고 하지 않을 수가 없다.

　사랑은 자세히 볼수록 더욱더 예뻐지고, 사랑은 오래
묵을수록 더욱더 젊어진다. 사랑을 실천하면 행복한 사
회가 되고, 사랑을 실천하지 못하면 어지러운 사회가
된다.

시인은 꽃을 가져오는 사람이고, 철학자는 사상(정수精髓)을 가져오는 사람이다. 쇼펜하우어는 시와 철학의 상관관계를 매우 정확하게 알고 있었던 세계적인 사상가였다.

시인의 세계는 상상력의 세계이며, 그가 펼쳐 보이는 세계는 아름답고, 신비로우며, 환상적이다. 여기가 아닌 다른 곳, 그 다른 세계로 우리 인간들을 인도하며, 그의 시세계는 활짝 핀 꽃과도 같은 아름다움을 가져다가 준다.

사상은 그것이 염세주의이든, 공산주의이든, 낙천주의이든지간에, 수많은 싸움들과 만고풍상의 시련 끝에 황금들녘을 펼쳐보이는 오곡백과와도 같다.

사상은 오곡백과이며, 그 영양소와도 같다.

정호승
수선화에게

울지마라
외로우니까 사람이다
살아간다는 것은 외로움을 견디는 일이다
공연히 오지 않는 전화를 기다리지 마라
눈이 오면 눈길을 걷고
비가 오면 빗길을 걸어가라
갈대숲에서 가슴검은 도요새도 너를 보고 있다
가끔은 하느님도 외로워서 눈물을 흘리신다
새들이 나뭇가지에 앉아 있는 것도 외로움 때문이고
네가 물가에 앉아 있는 것도 외로움 때문이다
산 그림자도 외로워서 하루에 한 번씩 마을로 내려
온다
종소리도 외로워서 울려퍼진다

　— 정호승 시집, 『외로우니까 사람이다』에서

소크라테스도 국가를 신성시 했고, 알렉산더 대왕도 국가를 신성시 했다. 나폴레옹도 국가를 신성시 했고, 예수도 국가를 신성시 했다. 국가를 형성하지 못한 민족은 야만의 민족에 지나지 않으며, 국제 사회에서 그 어떠한 발언권도 없는 민족에 지나지 않는다. 가정, 단체, 직장, 종교, 군대, 정부 등은 국가의 하부조직이며, 이 국가의 조직으로부터 떨어져 있다는 것은 이 세상의 형벌 중의 최고의 형벌이라고 할 수가 있는 것이다. 사할린으로, 멕시코로, 중앙아시아로, 하와이로, 남양군도로 사랑하는 조국을 잃어버리고 떠돌아 다녀야만 했던 조선인들이 그것을 말해주고, 오늘날의 쿠르드족이나 아랍과 아프리카의 난민들이 그것을 말해준다. 공동체 사회의 바깥에 있는 사람들은 평화가 없는 사람이며, 그 모든 위협 앞에서 그 어떠한 안전장치도 없는 사람을 뜻한다. 사나운 비바람이 몰아치면 먹고 사는 것도 힘들어 지고,

병이 들거나 사지를 절단당했어도 그 어떠한 사람도 도와주지를 않는다. 사나운 맹수와 외부의 적 앞에 노출되었어도 별다른 방법이 없고, 온갖 천재지변을 당했어도 그 어떠한 대책도 없다.

하지만, 그러나 공동체 사회 안에서도 소외되어 있는 인간들이 있으며, 이 소외된 인간들이 외로움이라는 질병을 앓게 된다. 부모형제도 없는 것이나 마찬가지이고, 날이면 날마다 수많은 사람들을 만나고 이야기하면서도 군중 속의 외로움을 앓게 된다. 아무도 그와 함께 할 수 없고, 아무도 그의 슬픔, 불안, 고통, 고독, 외로움에 동참해줄 수가 없다. 외로움은 현대인의 본질이며, 우울증 이전의 질병이다. '나도 내가 아니다'라는 자아 상실이 '너도 네가 아니다'라는 인간성의 상실로 이어지고, 마침내, 급기야는 어떤 염세주의자들처럼 '인간의 죽음'을 선언하게 되고 있는 것이다.

정호승 시인의 '수선화'는 외로움의 꽃이며, 그 외로움의 아름다움을 옹호하고 있는 시라고 할 수가 있다. 요정 중의 요정인 에코의 사랑은 거들떠 보지도 않았던 나르시소스, 물에 비친 자기 자신의 얼굴만을 바라보다가 죽어간 나르시소스, 이 나르시소스가 그토록 아름다운 수선화로 피어났던 것이다. 수선화는 나르시소스의 꽃이며, 외로움의 꽃이다. 자기애와 외로움은 무서운 짝패이며, 하나님도, 새들도, 산 그림자도, 종소리도, 그 외로움과 함께 살고 있는 것이다.

"울지마라/ 외로우니까 사람이다."

이것이 「수선화에게」를 쓴 정호승 시인의 전언이며, 이 세상에 대한 삶의 찬가인 것이다.

시인은 외로움의 꽃을 피우지만, 자본가는 외로움을 가지고 약탈을 한다.

오늘날의 자본가는 이렇게 말한다.

호랑이로부터 겸손을 배우고, 사자로부터 정직을 배우고, 여우로부터 지혜를 배운다. 클레오파트라로부터 정절을 배우고, 악어로부터 돈 버는 법을 배우고, 모기로부터 타인의 피를 빨아먹는 법을 배운다.

외로우니까 지혜를 배우고, 외로우니까 지혜를 가지고 사기를 쳐야 한다.

울지마라.

외로우면 빼앗고 강탈하고 무차별적으로 목을 졸라

죽여라!

　하나님도 외로우니까 물과 불로 장난을 치지 않았느냐!

오현정
오늘

지금이 가장 좋은 때

첫 해산 후 숲길 걷는
지금이 가장 좋은 때

이제까지의 부끄러움 다 가려주는
활엽수가 친구하자는
지금이 가장 좋은 때

오후의 햇살이 남은 꿈을 찾아드는
지금이 가장 좋은 때

나는 어리석었지만 지혜를 찾아다닌 詩人

지금 이 순간이 고통의 詩를 빚는 행복한 시간

먼 길 돌아 다시 출발점에 서있는

지금 여기 그대 함께라면

오늘이 내 가장 좋은 때

— 『애지』, 2016년 겨울호에서

☐

존 스튜어트 밀(1806~1873)은 『영국령 인도사』의 저자인 제일스 밀의 아들이었고, 그 아버지의 천재생산의 교수법에 의하여 영국의 자유주의 사상가로서 우뚝 선 인물이었다. 존 스튜어트 밀은 정규 교육을 전혀 받지 않은 인물이며, 사교는 물론, 연애도 제대로 못해본 인물이었다. 그는 19세 때, 이미 자유진영을 대표하는 논객이 된 것은 물론, 29세 때는 『런던 리뷰』지의 편집자가 되었고, 1830년 여름, 런던의 사업가 존 테일러의 초대로 그의 아내인 헬리어트 테일러를 만나게 되었다. 존 테일러는 약종상으로 많은 돈을 모았고, 그는 자유주의자로서 유럽대륙에서 몰려오는 수많은 정치적 망명객들의 피난처를 제공해주기도 했다.

하지만, 그러나 존 테일러는 돈 많은 사업가일 뿐, 정치, 경제, 사회, 문화, 예술, 학문 등에는 무지했고, 따라서 그의 아내인 헬리어트 테일러는 존 스튜어트 밀에게

단 번에 반해버릴 수밖에 없었다. 존 스튜어트 밀은 24세였고, 헬리어트 테일러는 23세였다. 헬리어트 테일러는 정치, 경제, 사회, 문화, 예술, 학문 등에 대단히 뛰어난 지식을 지니고 있었고, 1858년 그녀가 이 세상을 떠나갈 때까지 존 스튜어트 밀의 영원한 사상적 동지이자 인생의 동반자가 될 수밖에 없었던 것이다. 나이는 존 스튜어트 밀이 한 살 더 많았지만, 헬리어트는 이미 두 아이의 어머니였고, 따라서 그녀는 그녀의 남편인 존 테일러에게 사실을 고백하고 밀을 떠나가고자 했었지만, 그럴 수가 없었다. 다른 한편, 존 스튜어트 밀의 어머니와 누이 등, 그의 가족들도 유부녀인 헬리어트를 끝끝내 받아들이지 않았지만, 존 스튜어트 밀 역시도 그녀를 떠나갈 수가 없었다.

하지만, 그러나 이 세계적인 불륜이 그 어떠한 비극적인 사건으로 점화되지 않은 것은 존 테일러의 더없이 너그러웠던 관용적인 태도와, 존 스튜어트 밀과 헬리어트 테일러의 티없이 맑고 순수한 정신적인 사랑이 있었기 때문이었다. 존 테일러는 그들의 부적절한 관계를 알고도 전혀 문제를 삼지 않았으며, 오히려, 거꾸로 1836년 매우 건강이 나쁜 밀이 파리로 요양을 떠났을 때, 그녀가 그의 두 아이를 데리고 파리로 가 밀의 병-간호를 할 수 있도록 허락해주었다. 이처럼 존 스튜어트 밀과 헬리어트 테일러의 부적절한 관계는 1849년 존 테일러가 암으로 사망할 때까지 계속되었고, 존 테일러가 사망한 2년 후, 1851년, 그들은 정식으로 결혼을 하게 되었다. 존 스튜어트 밀의 『논리학의 체계』와 『경제학 원리』는 이미 대단한 성공을 거두었지만, 존 테일러는 엄청나게 많은 유산을 남기고, 그의 아내의 지극한 간호에 뜨거운 감사의 눈물을 흘리면서 이 세상을 떠나갔다.

하지만, 그러나 존 스튜어트 밀과 헬리어트 테일러가 결혼한 지 7년이 되던 해, 프랑스의 아비뇽으로 '피한避寒여행'을 떠났다가, 헬리어트는 감기에 걸려 갑작스럽게 사망을 하고 말았다. 존 스튜어트 밀은 그의 아내이자 연인이었던 헬리어트 테일러와 함께 정치, 경제, 사회, 문화, 예술, 학문 등, 그 모든 분야에 걸쳐 토론을 했고, 『성격론』, 『인습론』, 『논리학 체계』, 『경제학 원리』, 그리고 그의 대표작인 『자유론』까지 그의 아내와 함께 저술에서 출간까지 토론을 했다고 한다. 헬리어트 테일러가 죽자 그녀의 장녀인 헬렌 테일러가 밀의 비서가 되어, 1873년 5월 7일, "나는 내 일을 다 끝마쳤다"라고 그가 이 세상을 떠나갈 때까지, 그의 모든 것을 다 돌보아주었다고 한다. 존 스튜어트 밀은 19세기 영국의 대표적인 '자유주의 사상가'이며, 그의 사상에 의하여 오늘날의 여성참정권, 비례대표제, 소수자의 권익옹호, 인종차별철폐, 노동조합 등이 확정되고 탄생되었다고 해도 과언이 아니다.

나는 존 스튜어트 밀과 헬리어트 테일러와도 같은 진한 감동을 주는 사랑은 일찍이 들어보지도 못했다. 대부분의 모든 사랑은 인간의 욕망—돈, 명예, 권력, 성욕 등—이 뒤섞인 불륜에 지나지 않지만, 존 스튜어트 밀과 헬리어트 테일러와의 사랑은 그 모든 반대파들의 압력마저도 다 물리치고, 너무나도 불륜적인 사랑을 이처럼 티없이 맑고 순수한 사랑으로 승화시켜놓았던 것이다.

사상은 사랑의 힘이고, 사랑은 사상의 꽃이다. 사상은 언제, 어느 때나 천하의 대로를 걸어가게 하고, 사상은 그 어떠한 반대와 그 어려움도 다 극복하게 해준다. 사상은 티없이 맑고 순수하며, 영원한 생명의 힘으로 사랑의 꽃을 피운다.

나는 낙천주의 사상가로서 우리 한국인들에게 참으로 진한 감동—아름다운 사랑의 이야기를 들려주고 싶었던 것이다.

철학을 공부하라, 당신도 사상가가 될 수가 있다.

철학을 공부하라, 당신도 사랑의 꽃을 피우고 영원불멸의 주인공이 될 수가 있다.

오현정 시인의 「오늘」처럼 지금, 이 순간이 사랑(공부)을 하기에 가장 좋은 때이다.

나는 어리석었지만 지혜를 찾아다닌 詩人

지금 이 순간이 고통의 詩를 빚는 행복한 시간

먼 길 돌아 다시 출발점에 서있는

지금 여기 그대 함께라면

오늘이 내 가장 좋은 때

사상은 시의 힘이고, 시는 사상의 꽃이다.

오현정 시인은 이 '사상의 꽃'을 피우기 위하여, 그토록 험하디 험한 '고통의 가시밭길'을 걷고 또 걷고 있는 것인지도 모른다.

문인수
묵호, 등대 텃밭

묵호 등대오름길의 산비탈 동네엔 작은 집들이 아찔, 아찔, 화투짝만 한 난간에 붙어 있다. 밤중에, 험한 잠결에 그만 굴러떨어질 수도 있겠다 싶다. 그리 어지럽던 차에 빈집도 더러 생겨났다. 그 빈집마저 헐린 데가, 여기저기 새파랗다.

어디로 인도하였을까. 누군가 떠난 자리에, 누군가 또 제때 새파랗다. 새파란 부추며 상추며 쑥갓……묵호 등대, 묵호 씨는 대낮에도 참 별걸 다 밝힌다.

— 문인수 시집, 『나는 지금 이곳이 아니다』에서

온갖 사나운 비바람을 다 받아들이고 천길의 벼랑끝에 몰린 삶이 더 아름답고 눈부실 때가 있다. 따지고 보면 모든 명승지는 이 천길 벼랑끝의 삶의 풍경이라고 할 수가 있다. "아찔, 아찔 화투짝만 한" 난간에서 살아가는 사람들, 그들이 새파랗게 가꾸어 가고 있는 "묵호, 등대 텃밭"이 바로 그것을 증명해준다.

모든 아름다움은 사나운 비바람과 쓰디쓴 눈물을 먹고 자라나, 천길 벼랑끝의 기적으로 피어난다.

김혜순

떨어진 별처럼

나는 아주 많아요, 별처럼

나는 아주 꺼끌꺼끌 해요, 별처럼

나는 아주 속이 뜨거워요, 별처럼

나는 아주 무서운 내부를 가졌어요, 별처럼

나는 가까이서 보면 무겁고 멀리서 아주 멀리서 보면
빛나요, 별처럼

어렸을 적에 우리 엄마가 우리 집 점원더러 아픈 나를
업어주라고 했어요, 별처럼

그는 나를 업고 바닷가에 나가 나를 바위 위에 올려놓
더니 차가운 손가락으로 내 몸 구석구석을 다 찔러 봤
어요, 별처럼

내가 암스텔담 지하철 역에서 밖으로 나왔을 때

한 남자가 갈고리를 내 핸드백에 걸었어요, 별처럼

그때 나는 몸 밖의 입은 막고 몸속의 입은 열어 소리

질렸어요, 떨어지는 별처럼

가까이 다가서는 별을 조심하세요

식당아저씨 별

택시운전사아저씨 별

수족관아저씨 별

야채행상아저씨 별

실밥이 터진 양말을 신은 아저씨 별

마누라를 웃기는 게 취미인 노래방주인아저씨 별

그러나 무엇보다 오랜만에 보는 삼촌 사촌 이웃아저

씨 별

내 시만 읽으면 화가 나는 시인 겸 평론가 아저씨 별

스물세 살에 고시를 패스한 별 중의 별이 나에게 앞으

로 조심하라고 하네요

욕설 별이 따귀를 후려치며 쏟아지고 싶대요

발가락 양말을 신은 아저씨 별

공중에 환한 문들이

가보면 돌인 문들이

밤하늘 가득 떠 있네요

문들이 펄럭이네요

나는 일평생 나를 두고 멀리멀리 걸어가 버린
두 발을 밖에다 걸어두고 잠들곤 해요, 별처럼

— 『애지』, 2015년 겨울호에서

나는 나일까?

나는 당신일까?

나는 타인일까?

내가 나를 나라고 말할 수가 있다면 나는 너무나도 분명하게 나의 존재의 정당성을 확보하고 나의 목표를 말할 수가 있을 것이다. 내가 나를 나라고 말할 수가 있다면 나는 당신을 또다른 나로 생각하고, 따라서 나와 당신은 상호간의 사랑과 믿음으로 영원한 공동체 사회를 꾸려나갈 수도 있을 것이다.

하지만, 그러나 내가 나를 나라고 말할 수가 없다면 나는 나의 존재의 정당성을 잃어버리고, 영원한 타인으로서 존재하게 될 것이다. 현대 사회는 내가 나를 잃어버리고 영원한 타인으로서 존재하는 사회이며, 이 타인들과 타인들이 온갖 중상모략과 이전투구로 수많은 날밤들을 지새우게 된다.

밤하늘의 별들이 아름다운 것은 수많은 이권利權으로 채색되어 있기 때문이지, 미래의 이상낙원을 지시하고 있기 때문이 아니다. 우리가 우리의 이웃을 우리의 이웃이라고 생각하고 있는 것은 언제, 어느 때나 안면몰수하고 적대감을 드러낼 수 있기 때문이지, 사랑과 믿음이 있기 때문이 아니다. 나는 내가 아니고 영원한 타인에 지나지 않는다. 우리의 이웃은 이웃이 아니고 영원한 이방인들에 지나지 않는다. 아버지와 어머니가 돈주머니를 차고 있으면 효자가 되고, 돈 많은 이웃 사람이 있으면 영원한 친구가 된다. 돈 많은 친구가 있으면 이 세상의 끝까지라도 찾아가서 우정을 강조하고, 어렵고 힘든 친구를 만나면 영원한 타인이라고 생각한다. 돈이 상전이고, 이 돈에 대한 믿음이 있는 한, 우리는 우리의 양심까지도 팔아버리고 수많은 가면을 쓰고 살아가게 된다. "식당아저씨 별/ 택시운전사아저씨 별/ 수족관아저씨 별/ 야채행상아저씨 별/ 실밥이 터진 양말을 신은 아저씨 별/ 마누라를 웃기는 게 취미인 노래방주인아저씨 별/ 그러나 무엇보다 오랜만에 보는 삼촌 사촌 이웃아저씨 별/ 내 시만 읽으면 화가 나는 시인 겸 평론가 아저씨 별", "스물세 살에 고시를 패스한 별", "발가락 양말을 신은 아저씨 별" 등, 이 수많은 별들은 모두가 다같이 타인들로서의 가면을 쓰고, 그 타인들로서 자기 자신의 존재의 정당성을 확보해나가게 된다.

나는 나로서 존재하지 않고 수많은 나로서 존재한다. 나는 아주 꺼끌꺼끌하고, 나는 속이 뜨겁다. 나는 아주 무서운 내부를 지녔고, 나는 가까이서 보면 무겁고, 아주 멀리서 보면 빛난다. 무서운 치한 같은 나, 암스텔담의 소매치기 같은 나, 시인 겸 평론가 같은 나, 판사와 검사와 같은 나, 나를 두고 멀리멀리 걸어가 버린 나―. 언제, 어느 때나 대중으로서, 익명인으로서, 타인들로서만 떳떳하고 진짜 얼굴은 잃어버린 나와 그 수많은 나들이 연출해내는 익살광대극과 그 소름 끼치는 잔혹극이 김혜순 시인의 「떨어진 별처럼」의 진면목이라고 하지 않을 수가 없다.

돈이 "나는 이득을 먹고 자란다"라고 말하면 조상의 무덤까지도 파헤치고, 돈이 "너를 파산시킬 거야"라고 말하면 문전옥답까지도 팔아 치운다.

나는 죽었고, 타인도 죽었다.

공동체 사회는 붕괴되었고, 이 세계와 우주도 해체되었다.

떨어지는 별처럼,

떨어지는 별처럼……

반칠환

나를 멈추게 하는 것들

— 속도에 대한 명상 13

보도블록 틈에 핀 씀바귀꽃 한 포기가 나를 멈추게
한다

어쩌다 서울 하늘을 선회하는 제비 한두 마리가 나를
멈추게 한다

육교 아래 봄볕에 탄 까만 얼굴로 도라지를 다듬는 할
머니의 옆모습이 나를 멈추게 한다

굽은 허리로 실업자 아들을 배웅하다 돌아서는 어머
니의 뒷모습은 나를 멈추게 한다

나는 언제나 나를 멈추게 한 힘으로 다시 걷는다

— 반칠환 시집, 『뜰채로 죽은 별을 건지는 사랑』에서

때때로, 시시때때로, '지족역'에서 지하철을 타고 '대전역' 근처의 사무실로 나갈 때가 있다. 지하철을 이용하는 즐거움 중의 하나는 교통체증 때문에 짜증이 나지 않는 것이고, 그 두 번째는 한 사십여 분 동안 책을 읽을 수가 있다는 것이다. 예전에는 지하철을 타면 신문을 읽거나 책을 읽는 사람들을 상당히 많이 볼 수가 있었지만, 이제는 그러한 세속풍경들을 전혀 찾아볼 수가 없게 되어 있다. 대부분이 그토록 엄숙하고 진지한 표정으로 스마트폰을 들여다 보고, 때로는 누군가의 통화나 기침 소리마저도 소음인 것처럼만 매우 이상하게 들리게 된다. 이 스마트폰에 대한 집중의 힘은 광기의 그것에 지나지 않으며, 만약 어느 누군가가 그것을 훼방한다면 곧바로 살기殺氣를 띠고 노려보게 될 것이다.

   '표절이 출세의 보증수표'가 되고 '뇌물이 국가성장의 원동력'이 되는 한국사회에서, 참된 책읽기와는 전혀 무관하고 그 어떠한 반성과 성찰의 기미마저도 전혀 없는 스마트폰에 대한 집중의 힘은 도대체 무엇이란 말인가? 그것은 날것과 새로운 소식에 대한 매혹이며, 그 중독이라고 할 수가 있다. 날것이란 설익고 정제되지 않는 지식을 말하고, 새로운 소식이란 자기 자신의 창안물과는 전혀 무관한 어떤 것을 말한다. 모든 사건과 사고가 실시간대로 중계되고, 금융자본과 수많은 상품들이 그 어떠한 장벽도 없이 실시간대로 넘나드는 자본주의 사회에서, 스마트폰이란 유일무이한 세계의 창이며, 모든 인간들의 숨구멍일는지도 모른다. 스마트폰은 아름답고 화려한 영상의 세계이며, 그 시간은 빠름의 시간이고, 그 목표는 무한한 속도와의 경쟁에서 최종적인 승리를 거두는 것이다. 아는 것은 보는 것이고, 보는 것은 돈을 만지는 것이다. 더 많이, 더 빨리, 더욱더 탐욕적으로 돈을 버는 것―, 이 탐욕(매혹)의 힘이 모든 인간들을 그토록 엄숙하고 진지하게 미쳐가게 하고 있는 것인지도 모른다.

독자 여러분들이여, 다시 한 번 지하철을 타보라! 그 빠름의 시간에는 친구도 없고, 이웃도 없으며, 머나먼 외계의 유령들만이 있게 될 것이다.

독자 여러분들이여, 다시 한 번 지하철을 타보라! 스

마트폰의 세상에는 그 어떠한 숨구멍도 없고, 모든 인간
성이 훼손된 스마트폰의 중독자들만이 있게 될 것이다.

　반칠환 시인의 「나를 멈추게 하는 것들」은 '속도에 대
한 명상'이 '멈춤의 미학'으로 승화된 매우 아름답고 뛰어
난 시라고 할 수가 있다. "보도블록 틈에 핀 씀바귀꽃 한
포기가 나를 멈추게 한다", "어쩌다 서울 하늘을 선회하
는 제비 한두 마리가 나를 멈추게 한다", "육교 아래 봄
볕에 탄 까만 얼굴로 도라지를 다듬는 할머니의 옆모습
이 나를 멈추게 한다", "굽은 허리로 실업자 아들을 배웅
하다 돌아서는 어머니의 뒷모습은 나를 멈추게 한다"라
는 시구들은 이제는 작고 사소하며, 자본주의 사회에서
그 존재의 정당성을 잃어버린 존재들에게 그 초점을 맞
춘 시구들이라고 할 수가 있다. 아름다운 것이 크고 소
중한 것이라면 작고 사소한 것은 그 가치가 없는 것이
고, 그 가치가 없는 것은 결코 아름답고 소중한 것일 수
가 없다. 돈이 돈을 낳고, 빠름이 그 돈의 소유주가 되는
세상에서, "보도블록 틈에 핀 씀바귀꽃 한 포기"와 "어쩌
다 서울 하늘을 선회하는 제비 한두 마리가" 그 무슨 정
당성을 얻을 수가 있겠으며, "육교 아래 봄볕에 탄 까만

얼굴로 도라지를 다듬는 할머니"와 "굽은 허리로 실업자 아들을 배웅하다 돌아서는 어머니의 뒷모습"이 그 무슨 정당성을 얻을 수가 있겠는가? 그들은 모두가 다같이 속도와의 전쟁에서 패배를 한 자들이며, 끊임없이 쇠퇴하고 몰락할 운명에 처한 자들에 지나지 않는다.

하지만, 그러나 아름답고 크고 소중한 것에 대한 의미와 가치 부여는 자본가들의 지나치게 편벽되고 독단적인 오류일 뿐, 이 세상에서 아름답고 크고 소중하지 않은 것은 그 어느 것 하나도 없다. 보도블록 틈에 핀 씀바귀꽃 한 포기가 장미보다도 더 소중할 수도 있고, 서울하늘을 선회하는 제비 한두 마리가 황금알을 낳는 닭보다도 더 소중할 수도 있다. 육교 아래 까맣게 탄 할머니의 성실성이 주지육림酒池肉林에서 헤어나오지 못하는 자본가들의 패륜보다도 더 소중할 수도 있고, 굽은 허리로 실업자 아들을 배웅하다 돌아서는 어머니의 사랑이 성모의 사랑보다 더 소중할 수도 있다.

자연은 편애하지 않으며, 선과 악, 진과 위, 흑과 백, 미와 추, 적과 동지, 음과 양, 크고 작은 것, 고귀하고 비천한 것 등, 그 어느 것도 결코 버리지는 않는다. 자연은 개, 개인의 불행 따위에는 관심조차도 없으며, 오직 통

속적인 것보다는 비교적祕敎的인 관점, 부분적인 것보다는 종합적인 관점에서 모든 생명체와 그 가치들의 공존을 더욱더 소중하게 생각한다. 때로는 일방주의자이면서도, 때로는 다원주의자이기도 한 것이 자연의 참 모습이기도 한 것이다. 자연은 아름답고 크고 장대하며, 그 넓은 옷자락에 모든 만물들을 다 품어 기른다. 씀바귀 한 포기, 제비 한두 마리, 도라지를 까서 파는 할머니, 실업자인 아들과 그 어머니의 쇠퇴와 몰락은 결코 있을 수가 없으며, 만약 그들이 이 세상에서 사라진다면, 그것은 그토록 끔찍하고 처절한 우주적인 재앙으로 나타날는지도 모른다. 마치, 북경에서의 나비 한 마리의 날개짓이 뉴욕에서의 허리케인으로 나타나고 있듯이……

　보도블록의 틈, 서울 하늘의 틈, 육교 아래의 틈, 실업자와 그 어머니의 틈에서 씀바귀꽃이 피고, 제비 한두 마리가 날아다니게 된다. 또한 그 틈 사이에서 봄볕에 탄 할머니가 살고, 실업자인 아들과 그 어머니가 살아간다. 시인은 영원한 배반자이며, 모든 가치의 전복자이다. 시인은 작고 사소하며, 그 어떠한 가치도 없는 것을 이처럼 아름답고 소중하게 미화시켜 놓는다. 멈춤은 되돌아봄이며, 이 되돌아 봄은 반성과 성찰의 힘이 된다. 시인은 멈춤의 힘으로 씀바귀, 제비 한두 마리, 육교 밑의 할머니, 실업자와 그 어머니를 가장 고귀하고 소중하게 살아 움직이게 한다.

틈은 숨구멍이며, 기적의 산실이다. 틈은 영원하며, 이 매혹 때문에 우리는 '속도'라는 '시간의 흐름'에 함몰되지 않고, 자기 자신만의 보법步法과 그 속도를 유지하게 된다. 다시 말하지만 멈춤은 틈의 발견이며, 틈의 발견은 새로운 숨구멍(기적)의 발견이 된다.

멈춤은 걷는 것보다 더 빠른 멈춤이며, 날이면 날마다 끊임없이 벌어지는 속도와의 전쟁에서 최종적인 승리를 거둘 수 있는 비법이라고 하지 않을 수가 없다.

이 세상은 스마트폰으로 열리지 않고, 느릿느릿 되풀이 읽는 책읽기를 통해서 열린다. 「나를 멈추게 하는 것들」은 세상이라는 책읽기의 산물이며, 그 명상이 이처럼 아름답고 뛰어난 시로 탄생을 하게 된 것이다.

책읽기는 숨구멍이며 모든 기적의 산실이라고 하지 않을 수가 없다.

문태준
백년百年

　와병 중인 당신을 두고 어두운 술집에 와 빈 의자처럼
쓸쓸히 술을 마셨네

　내가 그대에게 하는 말은 다 건네지 못한 후략의 말

　그제는 하얀 앵두꽃이 와 내 곁에서 지고
　오늘은 왕버들이 한 이랑 한 이랑의 새잎을 들고 푸르
게 공중을 흔들어 보였네

　단골 술집에 와 오늘 우연히 시렁에 쌓인 베개들을 올
려보았네
　연지처럼 붉은 실로 꼼꼼하게 바느질해놓은 백년이
라는 글씨

　저 백년을 함께 베고 살다 간 사랑은 누구였을까

병이 오고, 끙끙 앓고, 붉은 알몸으로도 뜨겁게 껴안
자던 백년

등을 대고 나란히 눕던, 당신의 등을 쓰다듬던 그 백
년이라는 말
강물처럼 누워 서로서로 흘러가자던 백년이라는 말

와병 중인 당신을 두고 어두운 술집에 와 하루를 울
었네
　— 문태준 시집, 『그늘의 발달』에서

문태준 시인의 「백년百年」이란 무엇을 뜻하고 있는 것일까? 백년이란 꿈과도 같은 말이며, 모든 것이 즐겁고 행복한 인간의 삶을 말한다. 왜냐하면 백년이란 지난날의 인간의 수명이 4~50세에 불과했기 때문이고, 영원한 사랑의 시간을 뜻하고 있기 때문이다. 부부란 무엇인가? 부부란 인생의 동반자이며, 영원한 사랑의 연주자라고 할 수가 있다. 어렵고 힘들 때에도 서로서로의 등을 두드려주고, 즐겁고 기쁠 때에도 그 기쁨을 함께 맛본다. 사랑은 무한히 참고 견디며, 우리 인간들의 삶에 있어서의 최고의 절정의 순간과 그 열매들을 수확하게 만든다. 사랑은 자기 자신의 정조와 육체마저도 허락하게 만들며, 사랑은 또한 자기 자신의 욕망과 취미와 직업과 전재산마저도 다 바치게 만든다. 이 '줌'은 무보상적인 헌신이며, 모든 기적의 진원지가 된다. 부부는 둘이서 하나가 되는 기적을 통해서 이 땅의 선남선녀들을 창조해

놓는다. 좋은 아내를 얻은 남편은 가장 행복한 사람이 되고, 좋은 남편을 만난 아내도 가장 행복한 사람이 된다. 부부는 인간 사랑의 근본축이며, 이 부부의 힘에 의해서 이 세상은 더욱더 푸르러지고, 역사의 수레바퀴는 끊임없이 전진을 하게 된다. 백년은 모든 부부의 꿈이며, 영원한 사랑의 시간대이다.

하지만, 그러나 오늘날의 무병장수시대, 아니 이 유병장수시대에도 이 백년은 꿈과도 같은 말이며, 전혀 가능하지 않은 말이기도 하다. 남편과 아내가 결혼을 하고 100주년을 맞는다고 하는 것도 불가능하고, 설령, 어쩌다가 모두가 다같이 100주년을 맞이한다고 하더라도 그때에는 이미 모든 건강을 상실하고 타인들의 도움없이는 그 어떠한 삶도 살지 못하게 되었을 것이다. 알츠하이머, 치매, 중풍, 정신질환, 위암, 대장암, 폐암, 관절염, 골다공증, 전립선염, 요실금 등이 그의 육체를 지배하게 될 것이고, 바로 그때에는 살아 있다는 것이 욕 자체가 되지 않을 수가 없는 것이다.

문태준 시인의 「백년」은 다만 환영이며, 그 실체가 없는 시간대에 지나지 않는다. 아내가 병들었다는 것은 역사의 수레바퀴가 고장이 났다는 것이며, 그 영원한 사랑의 꿈이 위기를 맞이했다는 것이다. 불가능하지만 더없이 달콤했던 영원한 사랑, 불가능하지만 더없이 아름다웠던 영원한 사랑, 불가능하지만 불가능하기 때문에 그 불가능을 밀쳐버리면서 만물의 창조주로서 수많은 자손들의 존경을 받으며 불로장생하고 싶었던 영원한 사랑—. 모든 생명은 태어나면 이윽고 죽는다. 살아 있는 자는 반드시 죽게 된다는 이 자연의 법칙마저도 부인하고 싶게 만드는 것이 영원한 사랑이고, 바로 그것 때문에 시인은 더욱더 크나큰 슬픔과 상실감에 잠겨들게 된다.

　"와병 중인 당신을 두고 어두운 술집에 와 빈 의자처럼 쓸쓸히 술을 마셨네", "단골 술집에 와 오늘 우연히 시렁에 쌓인 베개들을 올려보았네/ 연지처럼 붉은 실로 꼼꼼하게 바느질해놓은 백년이라는 글씨// 저 백년을 함께 베고 살다 간 사랑은 누구였을까/ 병이 오고, 끙끙 앓고, 붉은 알몸으로도 뜨겁게 껴안자던 백년// 등을 대고 나란히 눕던, 당신의 등을 쓰다듬던 그 백년이라는 말/ 강물처럼 누워 서로서로 흘러가자던 백년이라는 말// 와병 중인 당신을 두고 어두운 술집에 와 하루를 울었네."

꿈이 크면 실망도 크고 순수한 사랑은 더욱더 크나큰 슬픔을 안겨다가 주는 법이다. 슬픔이 술이 되고, 술이 눈물이 된다. 눈물은 붉디 붉은 피가 되고, 시침과 분침과 초침이 멈추고, 역사의 수레바퀴는 그 수명을 다하게 된다.

영원한 사랑, 이 영원한 사랑에 대한 회한이 문태준 시인의 「백년」에는 더없이 아프고 아름다운 슬픔으로 각인되어 있는 것이다.

아내는 나의 분신이며, 그 아내를 잃는다는 것은 이 세계와 자기 자신을 잃는 것이기 때문이다.

손택수
아내의 이름은 천리향

세상에 천리향이 있다는 것은
세상 모든 곳에 천리나 먼
거리가 있다는 거지
한 지붕 한 이불 덮고 사는
아내와 나 사이에도
천리는 있어,
등을 돌리고 잠든 아내의
고단한 숨소리를 듣는 밤
방구석에 처박혀 핀 천리향아
내가 서러운 것은
진하디 진한 만큼
아득한 거리를 떠오르게 하기 때문이지
얼마나 아득했으면
이토록 진한 향기를 가졌겠는가
향기가 천리를 간다는 것은

살을 부비면서도
건너갈 수 없는 거리가
어디나 있다는 거지
허나 네가 갸륵한 것은
연애 적부터 궁지에 몰리면 하던 버릇
내 숱한 거짓말에 짐짓 손가락을 걸며
겨울을 건너가는 아내 때문이지
등을 맞댄 천리 너머
꽃망울 터지는 소리를 엿듣는 밤
너 서럽고 갸륵한 천리향아

— 손택수 시집, 『목련전차』에서

태초에 시인이 있었고, 시인은 그의 언어로 이 세계를 창출해냈다. 시인은 전지전능한 하나님이 되었고, 만물의 창조주가 되었다. 모든 신화와 종교를 창출해낸 것도 시인이었고, 하늘과 땅과 바다와 모든 동식물들에게 이름을 부여해준 것도 시인이었다. 시인은 예술가 중의 최고의 예술가이며, 끊임없이 이 세상의 삶을 찬양하고 미화시킨 삶의 본능의 옹호자라고 할 수가 있다. 요컨대, 태초에 시인이 없었다면 이 세계는 다만 어둠 컴컴한 암흑의 세계에 지나지 않았을 것이다.

손택수 시인의 「아내의 이름은 천리향」이라는 시는 영원불멸의 사랑의 노래이며, 이 세상의 삶의 찬가라고 할 수가 있다. "한 지붕 한 이불 덮고 사는/ 아내와 나 사이에도/ 천리는" 있을 수밖에 없는데, 왜냐하면 "아내와 나 사이"에는 "등을 돌리고 잠든"거리만큼, 그 어렵고 힘든 삶이라는 장애물이 있었기 때문이다. 나와 아내는 서러운 것, 즉, 저마다 어렵고 힘든 일에 발목이 잡혀 있고, 그 장애물과의 싸움에 집중을 하고 있는 한, 그들의 부부관계는 소원해질 수밖에 없는 것이다. 서러운 것은 어렵고 힘든 일에 대한 정서적 등가물이며, 그 어렵고 힘든 일을 벗어나기 위해서는 서로가 서로를 속일 수밖에 없는 그런 관계가 될 수밖에 없는 것이다. "등을 돌리고 잠든 아내의/ 고단한 숨소리를 듣는 밤"과 "방구석에 처박혀 핀 천리향아/ 내가 서러운 것은/ 진하디 진한 만큼/ 아득한 거리를 떠오르게 하기 때문이지"라는 시구가 그것을 말해주고, 또한, "향기가 천리를 간다는 것은/ 살을 부비면서도/ 건너갈 수 없는 거리가/ 어디나 있다는 거지"와 "연애 적부터 궁지에 몰리면 하던 버릇/ 내 숱한 거짓말에 짐짓 손가락을 걸며/ 겨울을 건너가는 아내 때문이지"라는 시구가 그것을 말해준다. 아내와 나는 서로가 서로를 사랑하고 있으면서도 서로가 서로를 속일 수밖에 없는 그런 관계에 지나지 않았던 것이다.

하지만, 그러나 이 부부 관계가 파탄을 맞이하지 않았던 것은 서로가 서로를 그리워하는 천리향이 있었기 때문이다. 아내와 나는 함께 있으면서도 천리만큼 떨어져 있고, 아내와 나는 천리만큼 떨어져 있으면서도 함께 붙어 있다. 이 함께 있음과 떨어져 있음, 혹은 이 떨어져 있음과 함께 있음의 형용모순을 가능케 한 것이 '천리향의 역설'이기도 한 것이다. 천리향의 역설은 논리의 비약이 되고, 모든 기적의 산실이 된다. 천리향은 자기 짝을 부르는 식물의 소리이며, 다른 말로 말하자면, 발정난 동물이 산골짜기가 떠나갈 듯이 울부짖는 교성이라고 할 수가 있는 것이다. 본능이 이성을 굴복시키고 이성은 본능의 충실한 노예가 된다.

"허나 네가 갸륵한 것은/ 연애 적부터 궁지에 몰리면 하던 버릇/ 내 숱한 거짓말에 짐짓 손가락을 걸며/ 겨울을 건너가는 아내 때문이지/ 등을 맞댄 천 리 너머/ 꽃망울 터지는 소리를 엿듣는 밤/ 너 서럽고 갸륵한 천리향아"라는 시구에서처럼, 천리향이 있는 한 일시적인 장애물이나 거짓말도 다 녹아들고, 이 천리향의 사랑 속에 젊은 부부의 꽃망울들은 툭툭 터지게 된다. 천리향의 아름다움, 천리향의 암내로 모든 종種들의 건강이 확보되고, 자연과 우주는 그 역사의 힘찬 발걸음을 멈추지 않게 된다. 요컨대, "방구석에 처박혀 핀 천리향"이 손택수 시인의 '아내라는 이름의 천리향'이기도 한 것이다.

아내라는 이름의 천리향이 있는 한, 손택수 시인은 모

든 고통을 다 받아들이고, 이 세상의 삶을 끊임없이 미화하고 찬양하게 된다. 아내라는 이름의 천리향이 있는 한, 모든 것이 가능하고, 모든 것이 가능한 이 세계가 가장 아름답고 멋진 신세계가 된다.

태초에 시인이 있었고, 그 말씀으로 「아내의 이름은 천리향」이라는 꽃을 피운 시인이 있었다. 사랑은 영원하고, 그 사랑의 향기는 온 우주에 가득 퍼진다.

지금, 이 순간에도, 영원히―.

한이나
걷는 독서

바람이 부드러운 해거름 무렵

나는 걷는 독서를 한다
히잡을 쓴 열다섯 살 소녀 누비아가 되어

당나귀에게 풀을 먹이며
밀밭 사이로 얇고 깊게 스며든다

낭송하는 소리들이 경치를 이룬다
흙의 향기와 밀의 수런거림과 새의 지저귐이

책에서 줄맞춰 뛰어 나온다
하루의 끝을 짚으며

나를 밀어내고 들어앉은 남이 나로 바뀔 때까지

무거운 책 속의 다른 길을

걷고 또 걷는다
내 몸의 아픔도 잊고 밀밭 사이로 걷는 독서,

나는 나다
저 진흙세상에서 마악 빠져나온,

― 『뜸』(시천지 동인시집)에서

* 박노해의 사진전을 보고.

한이나 시인의 「걷는 독서」는 그렇게 잘 알려지지는 않았지만, 독서와 산책과 글쓰기를 결합시킨 대단히 아름답고 뛰어난 명시라고 하지 않을 수가 없다. 독서는 타인의 말과 사유를 받아 들이는 시간이고, 산책은 타인의 말과 사유를 뛰어넘어 나의 말과 사유를 가다듬는 시간이며, 글쓰기는 나만의 말과 사유를 사상과 이론으로 정립하는 시간이라고 할 수가 있다. '박노해의 사진전을 보고' 난 이후에서였는지는 모르지만, '걷는 독서'라니, 이처럼 신선하고 아름답게 살아 있는 말이 그 어디에 있었단 말인가? 독서는 책상에 앉아서 종이책의 문자를 읽는 것을 말하지만, '걷는 독서'는 산책을 하면서 구체적으로 살아 있는 풍경들을 해독하는 것을 말한다.

　때는, "바람이 부드러운 해거름 무렵"이고, "히잡을 쓴 열다섯 살 소녀 누비아가" "당나귀에게 풀을 먹이며" 나타난다. 열다섯 살 소녀 누비아와 당나귀는 "밀밭 사이

로 얇고 깊게 스며"들고, "낭송하는 소리들이 경치를 이
룬다." 낭송하는 소리들이란 "흙의 향기와 밀의 수런거
림과 새의 지저귐"이며, 이러한 낭송하는 소리들이 "하
루의 끝을 짚으며", 풍경이라는 "책에서 줄맞춰 뛰어 나
온다." "나를 밀어내고 들어앉은 남이 나로 바뀔 때까지/
무거운 책 속의 다른 길을// 걷고 또 걷는다/ 내 몸의 아
픔도 잊고 밀밭 사이로 걷는 독서// 나는 나다/ 저 진흙
세상에서 마악 빠져나온"이라는 시구는 이「걷는 독서」
의 절정이며, 아름다움 그 자체라고 하지 않을 수가 없
다. 독서는 나를 밀어내고 타자를 '나'로 받아 들이는 타
자화의 작업인 동시에, 그 타자를 곧바로 '나'로 동일화
시키는 창조적 개인의 새로운 탄생의 과정이라고 할 수
가 있다. "나를 밀어내고 들어앉은 남이 나로 바뀔 때까
지"는 정반합正反合의 과정을 말해주고, "무거운 책 속의
다른 길을// 걷고 또 걷는다/ 내 몸의 아픔도 잊고 밀밭
사이로 걷는 독서"는 그처럼 어렵고도 힘든 시인의 입문
의례과정을 말해준다.

　시는 열정이며, 온몸으로의 투신이다. 이 자기 부정과
자기 긍정 사이에서, "나는 나다/ 저 진흙세상에서 마악
빠져나온"이라는 새시대의 진정한 시인의 기상나팔 소

리가 울려퍼지게 된다.

타인의 사상을 받아들이는 것도 힘든 일이고, 그것을 동화시켜 새로운 사유로 탄생시키는 것도 힘든 일이다. 한 여자와 한 남자가 만나는 것도 힘든 일이고, 그 만남을 통해서 새로운 인간을 탄생시키는 것도 힘든 일이다. 먹는 것도 진흙 속의 일이고, 자는 것도 진흙 속의 일이다. 타인을 사귀는 것도 진흙 속의 일이고, 성교를 하는 것도 진흙 속의 일이다. '밀밭 사이로 걷는 독서'는 생활현장 속의 독서이며, 그 모든 사물들이 상형문자가 되고, 그 모든 고장의 풍경들이 한 페이지의 책이 되는, 이 세상에서 가장 아름답고 진귀한 독서의 장이라고 할 수가 있다. 열다섯 살 소녀 누비아도 경치가 되고, 당나귀도 경치가 된다. 흙의 향기도 경치가 되고, 밀의 수런거림과 새의 지저귐도 경치가 된다. 소리도 경치가 되고, 냄새도 경치가 된다. 나는 수많은 타인들이 되었다가, 이내, 곧 그 수많은 타인들을 거느린 '내'가 된다.

시인은 예술가 중의 최고의 예술가이다. 「걷는 독서」는 삼위일체三位一體—독서, 산책, 글쓰기—의 진수이며, '아름다움 그 자체'가 된 시라고 하지 않을 수가 없다. 요컨대 새롭고 참신한 발상이 기적을 부르고, 이 기적이

「걷는 독서」라는 천하절경의 명시로 탄생한 것이라고 하지 않을 수가 없는 것이다.

독서만이 그대의 무지를 일깨워 주고, 독서만이 그대의 발걸음을 가볍게 해준다. 독서만이 그대에게 용기와 희망을 가져다 주고, 독서만이 어떠한 미로와 함정—그것이 남북분단이든, IMF 사태이든지 간에—마저도 극복할 수 있게 해준다. 독서만이 날개 달린 천사의 옷을 입혀 줄 수가 있고, 독서만이 우리 인간들의 불완전한 한계를 극복하고, 전지전능하신 신이 되어주게 해준다. 아아, 무식하고, 또 무식한 우리 한국인들이여, 이제는 제발 책을 읽는 방법부터 배워라!(반경환, 『행복의 깊이』 제3권, 제1장 「독서에 대하여」)

송종규
구부린 책

켜켜 햇빛이 차올라 저 나무는 완성되었을 것이다

꽃이 피는 순간을 고요히 지켜보던 어린 나방은 마침내 날개를 펴, 공중으로 날아올랐을 것이다

바스러질 듯 하얗게 삭은 세월이 우체국을 세워 올렸을 것이다

숲과 별빛과 물풀들의 기억으로 악어는 헤엄쳐 나가고 행성은 궤도를 그리며 우주를 비행했을 것이다

천만 잔의 독배를 마시고 나서 저 책은 완성되었다

자, 이제 저 책을 펴자
잎사귀를 펼치듯 저 책을 펼치고 어깨를 구부리듯 저

책을 구기자

　나무의 비린내와 꽃과 어린 나비가, 악어와 우체통이
꾸역꾸역 게워져 나오는 저 책

　저 책을 심자

　저녁의 우주가, 어두운 허공인 내게 환한 손을 가만
히 넣어줄 때까지
　— 『현대시학』, 2015년 3월호에서

송종규 시인의 「구부린 책」은 우리 인간들이 창출해낸 문자로 된 책이 아니라, 수많은 인고忍苦의 세월 끝에 그 수명을 다하고 쓰러진 나무를 말한다. 그 나무는 탄소동화작용을 통하여 에너지를 획득하며 그 수세樹勢를 확장시켜 나갔을 것이다. 나무는 나무로서 최선을 다하여 삶에의 의지와 권력에의 의지를 집중시켜왔을 것이고, 따라서 나무가 나무로서 자기 자신의 영광과 그 위엄을 갖추었을 때는 꽃이 피고 새가 울며, 수많은 동식물들의 안식처도 되어 주었을 것이다. 나무의 옷자락은 넓고 크고, 어떤 생명체들에게는 비옥한 텃밭이 되고, 영원한 안식처가 되어주기도 한다. "꽃이 피는 순간을 고요히 지켜보던 어린 나방은 마침내 날개를 펴, 공중으로 날아올랐을 것"이고, "숲과 별빛과 물풀들의 기억으로 악어는 헤엄쳐 나가고 행성은 궤도를 그리며 우주를 비행했을 것"이다. 꽃이 피고 어린 나방이 공중으로 날아간다. 숲이 우거지고 물풀들이 자라나며 별빛들이 쏟아진다. 악어는 헤엄을 치고 수많은 행성들은 궤도를 그리며 우주를 비행한다. 나무의 역사는 나무의 역사이면서도 자연의 역사이기도 하다. 아니, 나무의 역사는 나무의 역사이면서도 우주의 역사이기도 하다. 나무와 꽃과 나방과 숲과 별빛과 햇빛과 물풀과 악어는 상호공존하면서도, 이처럼 예정조화의 아름다움을 꽃피우고 있었던 것인지도 모른다.

하지만, 그러나 어느 누구도 시간의 흐름과 자연의 질서를 거역할 수가 없듯이, "천만 잔의 독배를 마시고 나서" 완성된 "저 책"은, 이제는, 어느덧 "바스러질 듯 하얗게 삭은" 고사목枯死木에 지나지 않게 된다. 나무는 하얗게 삭은 나무이고, 이 하얗게 삭은 나무는 문자들의 발신과 수신의 업무를 담당하는 우체국이 되었다. 고사목은 거대한 나무이고, 이 나무의 크기 앞에서 송종규 시인은 숨이 막힐 듯한 놀라움과 그 충격을 어찌할 수가 없었던 것인지도 모른다. 첫 번째는 나무의 크기에서 비롯된 나무의 존재의 역사이고, 두 번째는 그 나무에서 비롯된 너무나도 당연하게 파생된 자연의 역사이며, 마지막으로 세 번째는 그 역사들에서 비롯된 새로운 창조자로서의 역사이다.

송종규 시인의 「구부린 책」은 우리 인간들의 문자로 씌어진 책이 아니라, 나무라는 몸으로 씌어진 책이다. 바스라질 듯 하얗게 삭은 나무는 우체국이 되고, 발신과 수신의 집중국으로서의 우체국은 "나무의 비린내와 꽃과 어린 나비가, 악어와 우체통이 꾸역꾸역 게워져 나오는 저 책"이 되었던 것이다. 나무도 상징이 되고, 꽃도 상징이 된다. 나비도 상징이 되고, 숲도 상징이 된다. 별빛과 햇빛도 상징이 되고, 물풀과 악어도 상징이 된다. 보들레르의 말대로, 자연은 상징의 숲이며 시인은 암호 해독자(상징해독자)에 지나지 않는다. 기호는 사물을 지시하지만, 상징은 그 의미를 지시한다. 상징주의자는 가치의 창조자이며, 영원한 전제군주이고, 이 상징주의자들에 의해서 모든 문명과 문화는 구축되어왔다고 해도 과언이 아니다.

아버지인 태양, 어머니인 달, 포세이돈과 바다, 팔라스 아테네와 올리브 나무, 예수와 십자가, 부처와 보리수 나무, 플라톤과 이상국가, 데카르트와 사유하는 인간, 칸트와 도덕왕국, 헤겔과 절대정신, 마르크스와 공산주의, 코페르니쿠스와 지동설, 반경환과 낙천주의 등—.

이 세상의 모든 의미와 가치는 이 상징주의자들이 창출해낸 것이며, 이 상징주의자들을 만물의 아버지라고 해도 틀린 말이 아니다. 상징은 그 뜻이 대단히 어렵고 난해하기도 하고, 상징은 그 모습이 대단히 아름답고 신비하며, 찬란하기도 하다. 송종규 시인은 그의 「구부린 책」에서 책을 펴고 책을 읽고 있는 것이 아니다. 그 대신, 그는 상징주의자답게, "자, 이제 저 책을 펴자/ 잎사귀를 펼치듯 저 책을 펼치고 어깨를 구부리듯 저 책을 구기자// 나무의 비린내와 꽃과 어린 나비가, 악어와 우체통이 꾸역꾸역 게워져 나오는 저 책// 저 책을 심자"라고, 너무나도 이상하고 전혀 얼토당토않은 제안을 하게된다. 너무나도 이상하다는 것은 책은 읽는 것이지 구기는 것이 아니기 때문이고, 전혀 얼토당토않은 제안이라는 것은 책은 읽는 것이지 심는 것이 아니기 때문이다.

하지만, 그러나 송종규 시인의 책이 문자로 된 종이책이 아니라 나무의 몸으로 된 책(고사목)이라는 것을 이해하게 될 때, 고구마줄기처럼 그 반독서법과 그 일탈행위들을 제대로 파악할 수가 있게 된다. 바스라질 듯 하얗게 삭은 고사목을 잘게 잘게 부셔버리는 것은 그 나무라는 책을 읽는 것이 되고, 그 결과, 그 잘게 잘게 부셔진 나무의 속살들을 대지에 뿌리는 것은 그 나무라는 책을 심는 행위가 된다. 고사목은 구부린 책이 되고, 그 책을 읽는 시인은 구부린 책을 심는 가치창조자가 된다. 늙은 나무는 죽고 새로운 나무가 태어난다. 모든 것은 가고 모든 것은 되돌아 온다. 이 역사의 힘찬 수레바퀴는,

자, 이제 저 책을 펴자

잎사귀를 펼치듯 저 책을 펼치고 어깨를 구부리듯 저 책을 구기자

나무의 비린내와 꽃과 어린 나비가, 악어와 우체통이 꾸역꾸역 게워져 나오는 저 책

저 책을 심자

저녁의 우주가, 어두운 허공인 내게 환한 손을 가만히 넣어줄 때까지

라는, 천하 제일의 명구名句를 낳으면서, 그토록 어두컴컴한 밤하늘에서의 우주쇼를 펼쳐보이고 있는 것이다.

대단히 어렵고 난해한 「구부린 책」, 대단히 아름답고 신비하며, 찬란하기까지 한 「구부린 책」, 제13회 애지 문학상 수상작품이 되고, 상징주의의 시조인 보들레르 까지도 그 무덤 속에서 뛰쳐나올 만큼의 천하의 명시인 「구부린 책」—.

　아아, 송종규 시인의 「구부린 책」은 한국문학사 속의 영원한 명시로서 그 빛을 발하게 될 것이다.

박형권
도축사 수첩

트럭에 실릴 때 한 번 우시고
도축장에 도착했을 때 한 번 우시고
보정틀에 섰을 때 마지막으로 우셨다
그는 모든 소와 다른 점이 없었다
그가 보정틀 안에서 모로 누웠을 때
나는 안면의 중앙을 전용 총으로 타격했다
나는 모든 인간과 다른 점이 없었다 다만
뻗어버린 그가 예기치 못한 눈물을 주르르 흘렸을 때
나는 그가 그분인 걸 칼에 베인 듯 알았다
무논의 써레질이 있게 하시고
쇠죽 끓이는 가마솥이 있게 하시고
오뉴월 땡볕 아래에서의 일을 있게 하신
그분인 걸 알았다
그분이 쏟아놓으신 눈물을 어떤 그릇에 담아야 할지
망연하였다

아주 작은 우주 하나가 소멸하셨다

저 먼 곳 더 크신 우주의 누군가가 대신 흘리는 눈물
이었다

인간 세상에 내려 전생을 반추할 줄 모르는

나의 식욕을 위해

우주 밖의 더 크신 공백이 안타깝게 부어주는 숭늉 한

그릇이었다

애초에 소처럼 반추위를 가지지 못한 나는

위장을 더부룩하게 채우면 그만이고

이웃과 우주와 우주의 심오한 계획을 위해

한 번도 되새김질하지 않았다

그 이해할 수 없는 눈물은

흘려도 흘려도 담을 줄 모르는 나에게

오래전부터 그분이 보낸 서신이었다

이렇게 늦게 오시다니, 아니었다

다만 좀처럼 확인하지 않는 내 우편함에 이미 도착해

있었을 뿐이었다

이 행성의 이름으로 뜨겁게 견뎌낸 그분의 여름을

나는 해체하기 시작했다

그분은 단지 고기덩이셨지만

우물우물 여물 씹는 소리로 온 세상에 평화를 전파
하셨다

　　— 박형권 시집, 『도축사 수첩』에서

과연 인간의 슬픔은 무엇이고, 우리 인간들은 어떻게
그 슬픔을 극복할 수가 있는 것일까? 슬픔이란 어떠한
장애물에 부딪쳐서 그 목표를 이룰 수가 없다는 것을 뜻
하고, 따라서 삶에의 의지를 상실하게 되는 부정적인 감
정을 말한다. 이 세상의 슬픔들은 매우 다종다양하지만,
그러나 이 슬픔들 중에서도 참을 만한 슬픔이 있고, 참지
못할 만큼 아픈 슬픔도 있다. 어쨌든 크나큰 슬픔에 사로
잡힌 자는 그 좌절감과 상실감 때문에, 모든 음식을 전폐
하고 말없이 흐느끼거나 소리내어 마음껏 울어버릴 수
도 있다. 이 세상의 삶 자체는 슬픔의 바다이고, 이 슬픔
을 극복한다는 것은 가능하지가 않다. 모든 인간과 모든
생명들의 주체성과 자유는 따지고 보면 하나의 환상이
며 말장난에 지나지 않는다. 박형권 시인의 「도축사 수
첩」은 슬픔의 바다(구조)와 그 슬픔의 바다를 도저히 극
복할 수 없다는 허무주의자의 수첩이라고 할 수가 있다.

'도축사'란 소, 돼지, 양 등을 잡는 사람을 말하며, 그 옛날의 백정白丁이 그 이름을 바꿔 쓰게 된 것을 말한다. 백정은 사람의 목을 베던 망나니일 수도 있으며, 이 인간 망나니는 최하 천민(중죄인)으로서 그 언행이 몹시 사악한 사람을 말한다. 도축사는 백정이고 인간 망나니이며, 그래서 "그가 보정틀 안에서 모로 누웠을 때/ 나는 안면의 중앙을 전용 총으로 타격했다/ 나는 모든 인간과 다른 점이 없었다"라는 시구에서처럼, 피도 눈물도 없으며, 오직 자기 자신의 직업에 충실했었다고 말을 하게 되었던 것이다. 소, 돼지, 양 따위를 도살하는 것쯤이야 파리를 잡는 것보다도 더 쉬운 일이었고, 그 동물들의 붉디 붉은 피로 온몸을 적시는 것쯤이야 따뜻한 온수로 목욕을 하는 것보다도 더 쉬운 일이었는지도 모른다.

  하지만, 그러나 그분이 "안면의 중앙을 전용 총으로" 맞고, "예기치 못한 눈물을 주르르 흘렸을 때/ 나는 그가 그분인 걸 칼에 베인 듯" 알게 되었다. 그분은 "무논의 써레질이 있게 하시고/ 쇠죽 끓이는 가마솥이 있게 하시고/ 오뉴월 땡볕 아래에서의 일을 있게 하신" 분이었으며, 식사할 때마다 "전생을 반추"하듯이 되새김질하며 "우물우물 여물 씹는 소리로 온 세상에 평화를 전파"하신 분이었다. 그분은 '농자천하지대본農者天下之大本'을 주재하는 농업의 신이었으며, 그분은 또한 끊임없이 반성하고 성찰을 하며, 그 어떠한 살생도 하지 않는 평화의 신이었다. 그 반면에, 도축사인 '나'는 "애초에 소처럼 반추위를 가지지"도 못했고, "이웃과 우주와 우주의 심오한 계획을 위해/ 한 번도 되새김질을 하지"도 않았다. 따라서, 나는 다만, 피도, 눈물도 없었던 도축사였을 뿐, 소의 삶과 그 눈물의 의미를 이해할 수도 없었던 것이다. 소는 이타주의의 화신이었고, 나는 이기주의의 화신이었다. 그 소와 나와의 만남은 희생자와 도축사와의 만남이었지만, 그러나 그 긴장과 대립 관계가 무너져버린 것은 "뻗어버린 그가 예기치 못한 눈물을 주르르 흘렸을 때"였던 것이다.

이때의 눈물은 양심의 눈물이며, 사악한 악마와의 계약을 파기하고 인간성을 되찾은 자의 눈물이다. 눈물은 부단히 강제노동을 하고 그 노동력을 착취당하고, 그러고도 끝끝내 자기 자신의 육체마저도 보시普施를 해야만 했던 소의 눈물이지만, 그러나 이때부터의 눈물은 도축사의 눈물로 변모를 하게 된다. "트럭에 실릴 때 한 번 우시고/ 도축장에 도착했을 때 한 번 우시고/ 보정틀에 섰을 때 마지막으로 우셨다"라는 시구는 소의 눈물을 지시하고 있지만, "그분이 쏟아놓으신 눈물을 어떤 그릇에 담아야 할지 망연하였다/ 아주 작은 우주 하나가 소멸하셨다/ 저 먼 곳 더 크신 우주의 누군가가 대신 흘리는 눈물이었다"라는 시구와 "애초에 소처럼 반추위를 가지지 못한 나는/ 위장을 더부룩하게 채우면 그만이고/ 이웃과 우주와 우주의 심오한 계획을 위해/ 한 번도 되새김질하지 않았다/ 그 이해할 수 없는 눈물은/ 흘려도 흘려도 담을 줄 모르는 나에게/ 오래전부터 그분이 보낸 서신이었다"라는 시구는 도축사(백정)가 아닌 양심을 되찾은 인간으로서의 뜨거운 눈물의 등가물이라고 할 수가 있다.

박형권 시인의 「도축사 수첩」은 시인과 도축사의 관계가 의심스러울 만큼 둘이 아닌 하나인 것처럼만 생각된다. 시인과 도축사가 동일한 인물이라니—, 왠지 공연히 죄를 짓는 것처럼 미안한 생각이 다 들기도 한다. 「도축사 수첩」은 소의 울음이 그분의 눈물로 승화된 시이며, 그 슬픔이 처절하도록 아름답게 꽃피어난 시라고 할 수가 있다. 소의 눈물은 수많은 박해와 고통 속에서 그 어떠한 공격성도 지니지 못한 자의 눈물이지만, 도축사의 눈물은 슬픔의 바다를 덫(함정)으로 깔아논 자의 양심의 가책으로서의 눈물이 된다. 소의 눈물은 급기야 그분의 눈물로 승화되고, 그분의 죽음은 아주 작은 우주의 소멸로 확대된다. 이 소의 눈물과 우주의 소멸은 그분의 무보상적인 노동행위와 끊임없는 반성과 성찰—"이웃과 우주와 우주의 심오한 계획을 위해"—의 결과였고, 따라서 "그분은 단지 고기덩이셨지만/ 우물우물 여물 씹는 소리로 온 세상에 평화를 전파"하시게 되었던 것이다.

「도축사 수첩」은 박형권 시인의 인문주의와 그 서정성의 승리라고 할 수가 있다. 이때의 인문주의는 모든 생명들을 다 끌어안는 인문주의이지, 만물의 영장이라고 으시대는 그런 야만적인 인문주의가 아니다. 되새김질은 "이웃과 우주와 우주의 심오한 계획을" 위한 되새김질이며, "우물우물 여물 씹는 소리로 온 세상에 평화를 전파"하는 되새김질이다. 돈이 미덕이 되고, 돈만이 모든 미덕의 만행들을 연출해낼 수 있는 자본주의 사회에서의 이러한 반성과 성찰은 이 자본주의 체제의 균열을 야기시키면서, 이처럼 「도축사 수첩」을 탄생시키게 되었다고 하지 않을 수가 없다.

당신은 돈을 좋아하는가? 그러면 당신도 피비린내를 좋아하는 도축사에 지나지 않는다.

당신은 돈을 좋아하지 않는가? 그러면 당신은 도축을 당해야 할 소에 지나지 않는다.

돈은 도축사라는 인간 망나니를 양성하고, 이 인간 망나니는 오늘날의 군수업자들처럼 모든 생명들을 다 몰살시키며, 이 세상의 슬픔의 바다를 더욱더 붉게 만들고 있는 것이다.

이 인간 망나니 앞에서 우리는 소가 되지 않으면 안 된다.

모든 것을 다 바치고, 그 뼈저린 통곡의 눈물을 흘리며, 붉디 붉은 살코기마저도 다 던져주고 떠나가지 않으면 안 된다.

복효근
버팀목에 대하여

태풍에 쓰러진 나무를 고쳐 심고
각목으로 버팀목을 세웠습니다
산 나무가 죽은 나무에 기대어 섰습니다.

그렇듯 얼마간 죽음에 빚진 채 삶은
싹이 트고 다시
잔뿌리를 내립니다

꽃을 피우고 꽃잎 몇 개
뿌려주기도 하지만
버팀목은 이윽고 삭아 없어지고

큰바람 불어와도 나무는 눕지 않습니다
이제는
사라진 것이 나무를 버티고 있기 때문입니다.

내가 허위허위 길 가다가
만져보면 죽은 아버지가 버팀목으로 만져지고
사라진 이웃들도 만져집니다

언젠가 누군가의 버팀목이 되기 위하여
나는 싹틔우고 꽃피우며
살아가는지도 모릅니다.

— 복효근 시집, 『어느 대나무의 고백』에서

요한나 벤 자카이는 유태교의 대승정이었으며, 그는 유태인들의 영원한 스승이라고 할 수가 있다. 요한나 벤 자카이는 서기 70년, 이스라엘이 멸망하기 직전의 온건 파였으며, 따라서 그는 극비리에 예루살렘성을 빠져나 와 단 하나의 항복 조건을 제시했다고 한다. 그것은 10 여 명 정도의 랍비(사제-교사)가 활동할 수 있는 학교를 파괴하지 말아 달라는 것이었으며, 이 학교만 있으면 유 태인의 역사와 전통과 종교를 존속시킬 수가 있었기 때 문이었다. 로마의 사령관은 이 미끼를 덥석 물었고, 그 결과, 먼훗날에는 로마마저도 기독교화될 수밖에 없었 던 것이다. 로마가 군사적 승리를 거두었다고 기고만장 을 하던 순간, 유태인들은 이미 최고급의 인식의 제전을 통하여 정신적인 승리를 거두었던 것이다.

　우리 인간들은 음식물을 통하여 육체적으로 살고, 우 리 인간들은 지식을 통하여 정신적으로 산다. 음식물만을 지나지게 섭취하면 튼튼한 몸만을 지닌 바보가 되고, 그 반면에, 지식만을 지나치게 흡수하면 육체적으로 쇠약한 환자가 된다. 가장 중요한 것은 육체와 정신이 다 같이 건강한 것이지만, 유태인들에게 있어서의 지식이란 그들의 붉디 붉은 피이며, 생명 자체라고 하지 않을 수가 없다. 그 결과, "배우는 학생은 부끄러워해서는 안 된다", "지식을 쌓지 않는 것은 지식을 감소시키는 것과도 같다", "인내력이 없으면 교사가 될 수 없다", "만약 당신 주위에 뛰어난 사람이 없다면, 당신 자신이 뛰어난 사람이 되지 않으면 안 된다", "아버지와 스승이 다같이 감옥에 갇혀 있다면 스승을 먼저 꺼내오지 않으면 안 된다"라는 『탈무드』의 교훈을 창출해내게 되었던 것이다. 안다는 것은 존재한다는 것이며, 존재한다는 것은 이 세계를 창출해낸다는 것이다. 깊이 있게 배운다는 것, 잘 질문한다는 것, 神의 권위도 인정하지 않는다는 것, 사상의 신전을 짓고 모든 사람들을 초대한다는 것, 최고급의 인식의 제전을 펼쳐 보인다는 것, 언제나 '실패의 여신'께 감사의 기도를 드린다는 것, 역사의 감각이 마비되지 않도록 조심하고 또 조심한다는 것, 언제나 낙천적이어야 한다는 것, 더욱더 강력한 적을 찾아 나서야 한다는 것, 언제나 성실하게 생활을 해야 한다는 나의 '사색인의 십계명'은 하루바삐 우리 한국인들(모든 인류)의 십계명이 되지 않으면 안 된다.

아버지라는 이름의 종족창시자, 이 비범한 존재는 이제까지 스스로를 단 하나뿐인 스승이라고 생각해왔으며, 가장 어렵고 힘들고, 그 어떠한 위험한 일도 서슴없이 떠맡아 왔던 것이다. 아버지는 종족의 창시자이자 인류의 창시자였고, 아버지는 또한 종교의 창시자이자 문화의 창시자였다. 알렉산더를 낳고 그를 대왕으로 길러준 것도 아버지였고, 나폴레옹을 낳고 그를 황제로 길러준 것도 아버지였다. 소크라테스를 낳고 그를 철학자로 길러진 준 것도 아버지였고, 마르크스를 낳고 그를 공산주의의 창시자로 길러준 것도 아버지였다. 모차르트와 베토벤을 낳고 호머와 셰익스피어를 길러준 것도 아버지였고, 반 고호와 폴 고갱을 낳고 예수와 부처를 길러준 것도 아버지였다.

아버지는 모든 인류의 영원한 스승이며 전지전능한 신이라고 하지 않을 수가 없다. 프로이트가 신이란 아버지가 성화된 인물에 지나지 않는다고 말한 까닭도 여기에 있고, 니체가 신의 사망선고를 내리고 자기 자신이 모든 인류의 스승이 되고자 했던 까닭도 여기에 있다. 종교와 예술의 기원에도 아버지가 있고, 학문과 문화의 기원에도 아버지가 있다. 전쟁과 평화의 기원에도 아버지가 있고, 정치와 역사의 기원에도 아버지가 있다. 농사를 짓고 사업을 하는 아버지, 학교를 짓고 사원을 짓는 아버지, 도덕과 법률과 질서를 세우며 그가 속한 가정과 사회와 국가의 번영을 이끌어내는 아버지, 자동차와 비행기를 만들고, 외부의 적을 물리치며 우리 인간들의 행복을 연출해내는 아버지—. 우리 인간들은 어렵고 힘들 때에도 아버지에게 의존하고, 즐겁고 기쁠 때에도 아버지에게 의존하며, 더없이 슬프고 절망하고 있을 때에도 아버지에게 의존한다. 우리 인간들은 아버지가 없으면 홀로 설 수 없는 나약한 존재들에 지나지 않으며, 아버지에게 의존함으로써만이 만물의 영장이 될 수가 있었던 것이다. 어느 누가 감히 종족의 창시자로서의 아버지의 권위에 도전할 수가 있겠으며, 또한 어느 누가 감히 영원한 구세주로서의 아버지의 존재를 무시할 수가 있겠는가?

복효근 시인의 「버팀목에 대하여」는 내가 읽은 최근의 시중에서 가장 뛰어난 시라고 할 수가 있다. 태풍에 쓰러진 나무를 버팀목으로 세워주면서, 그 버팀목에 대한 역사 철학적인 성찰의 결과가 최고급의 교훈으로 꽃피어났다고 할 수가 있다. 산 나무가 죽은 나무에 기대어 서듯이 아들(어린 아이)은 아버지에게 기대어 서지 않으면 안 된다. 또한 그 버팀목에 기대어 선 채 꽃을 피우고 열매를 맺지 않으면 안 되고, 그리고 그 버팀목이 이윽고 삭아 없어지면 이제는 자기 스스로 버팀목이 되어 또다른 누군가의 삶을 받쳐주지 않으면 안 된다. 이 버팀목의 힘으로 아들은 아버지가 되고, 아버지는 아들이 된다. 또다시 아들은 아버지가 되고 아버지는 아들이 된다. 이 영겁회귀의 역사는 영원하며, 이 영겁회귀의 역사의 수레바퀴는 버팀목으로 되어 있다고 하지 않을 수가 없다. 아들과 아버지는 끊임없이 생성과 소멸을 거듭하고 있지만, 이 버팀목은 영원히 사라지지 않는다. 따라서 버팀목이 아버지가 되고, 아버지는 모든 인류의 스승(전지전능한 신)이 된다.

큰 바람이 불어와도 눕지 않게 하는 버팀목, "내가 허위허위 길 가다가/ 만져보면 죽은 아버지"가 되고 "사라진 이웃들이" 되는 버팀목─. 죽은 아버지와 사라진 이웃들이 나의 버팀목이 되어주고 있듯이, 나 역시도 "누군가의 버팀목이 되기 위하여" 꽃을 피우고 열매를 맺게 된다. 복효근 시인의 「버팀목에 대하여」라는 시는 '사무사思無邪의 경지'에서 꽃피어난 시이며, 대단히 아름답고 뛰어나며, 그 경건함이 극치를 이루고 있다고 하지 않을 수가 없다.

버팀목은 영원한 아버지가 되고, 인간은 영원한 아들이 된다. 왜냐하면 모든 아들은 스스로 설 수가 없고 제 발로 걸을 수가 없기 때문이다. 자기 스스로 홀로 섰다고 생각하는 순간 그는 자기 스스로 서지 못하고, 자기 스스로 제발로 걷고 있다고 생각하는 순간 그는 자기 스스로 걷지 못한다. 자기 스스로 밥벌이를 하고 있다고 생각하는 순간 그는 자기 스스로 밥벌이를 할 수가 없게 되고, 자기 스스로 성공의 신화를 창출해냈다고 생각하는 순간 그는 자기 스스로 끊임없이 몰락과 쇠퇴의 길을 걸어가지 않으면 안 된다.

인간은 영원한 미성년자이며 아버지의 도움이 없으면 그 생명체를 유지해나갈 수가 없다.

오현정

사랑은 지혜를 부른다

셀린 디온Ce´line Dion의 '사랑의 힘The Power of Lover'을 들
으면
나도 모르게 저절로 흥이 솟는다
불가능이 가능으로
찬송가를 밀어내고 저절로 춤을 춘다
넓은 영토에 수많은 저택을 지니고 부귀와 영화를 유
지하는 비결
지 남자 말고도 세계의 사나이들을 끌어들이는 비밀은
파워풀한 성량과 무대 매너
오뚝한 콧날과 고혹적인 육체미
그리고 순애보적인 그녀의 진짜 이야기
생생한 사랑의 에너지다
벼랑 끝에서도 한 사람을 진정 사랑하는 용기
아무도 빼앗을 수 없는 그녀의 왕관이
심금을 울리며 둥둥 북을 친다
— 『애지』, 2017년 봄호에서

셀린 디온은 캐나다 출신의 세계적인 가수이며, 그녀는 매우 가난한 집에서 태어났다고 한다. 그녀가 12살 때 작곡한 노래인 'Ce n'etait qu'un reve'를 듣고 르네 앙젤릴은 그의 집을 저당잡혀 셀린 디온의 음반을 제작하고, 그것이 일약 그녀를 세계적인 스타로 만드는 계기가 되었다고 한다. 셀린 디온은 영화, 타이타닉의 주제가인 'My Heart Will Go On'을 부른 것은 물론, 이 '사랑의 힘'도 대히트를 쳤고, 그녀는 약 2억만 장 이상의 음반의 판매고를 올린 세계적인 가수가 되었던 것이다. 1994년 셀린 디온이 26살 때 그녀의 스승이자 매니저인 르네 앙젤릴과 26살이라는 나이 차이에도 불구하고 결혼을 했지만, 그녀의 남편인 르네 앙젤릴은 오랜 암투병 끝에 2016년 사망을 했다고 한다. 셀린 디온은 가창력의 휘트니 휴스턴, 음색의 머라이어 캐리, 기교의 셀린 디온으로 대표되는 '3대 디바'였으며, 이 '사랑의 힘The Power of Lover'은 KBS의 'TV는 사랑을 싣고'의 주제곡으로 사용 되기도 했었다.

오현정 시인은 셀린 디온의 '사랑의 힘을' 들으면 "나도 모르게 저절로 흥이 솟는다"고 말하고 있는데, 왜냐하면 "불가능이 가능으로/ 찬송가를 밀어내고 춤을" 추게 하고 있기 때문이다. 사랑의 힘은 12살 짜리 소녀가 그 가난을 극복할 수 있었던 힘이기도 하고, 사랑의 힘은 26살의 나이 차이에도 불구하고 그녀가 결혼할 수 있었던 힘이기도 하다. 사랑의 힘은 인기의 최정상에서 그녀의 남편의 병간호를 위해서 잠시 휴식기를 가졌던 힘이기도 하고, 사랑의 힘은 그녀의 스승이자 영원한 매니저인 남편을 떠나보내고도 만인들의 영혼을 사로잡은 그녀의 노래이기도 하다. "불가능이 가능으로/ 찬송가를 밀어내고 춤을 춘다"라는 시구는 불가능을 가능으로 변모시키기 위하여 신을 밀어내고, 내가 나로서 우뚝서서 나의 행복을 연주하겠다는 의지의 표현이기도 한 것이다.

신을 찬양하게 되면, 나는 나를 잃어버리고 그 어떠한 주체성도 확보할 수가 없게 된다. 인간이 신을 창조한 것이지, 신이 인간을 창조한 것이 아니다. 신이 인간을 위해서 봉사를 해야지, 인간이 신을 위해서 봉사를 해야 되는 것이 아니다. 시인의 삶을 찬양하고 신의 권위를 인정하지 않는 용기가 "넓은 영토에 수많은 저택을 지니고 부귀와 영화를 유지하는 비결"이기도 하고, 모든 "세계의 사나이들을 끌어들이는" 비결이기도 하다. "파워풀한 성량과 무대매너" "그리고 순애보적인 그녀의 진짜 이야기/ 생생한 사랑의 에너지다"라는 시구가 바로 그것이다. 사랑은 지혜이고, 사랑은 용기이며, 사랑은 실천이다. 사상은 전지전능한 신에 맞서서 그 신을 뛰어넘는 시인의 길을 찾아내고, 그 지혜는 "벼랑 끝에서도 한 사람을 진정 사랑하는 용기"를 북돋아준다. 용기는 도전이며 실천이다. "벼랑 끝에서도 한 사람을 진정 사랑하는 용기/ 아무도 빼앗을 수 없는 그녀의 왕관"은 자기 자신의 목숨을 건 실천의 결과이기도 한 것이다. 지혜는 목표를 결정해주고, 용기는 그 수단을 가져다 주며, 실천은 사랑(사상)의 고지에 승리의 깃발을 꼽게 한다.

　모든 학문의 목표는 사상이고, 사상은 우리 인간들을 지상낙원으로 인도해준다. 세계적인 정치학자도 사상가이고, 세계적인 철학자도 사상가이다. 세계적인 경제학자도 사상가이고, 세계적인 의학자도 사상가이다. 세계적인 시인도 사상가이고, 세계적인 가수도 사상가이다. 왜냐하면 사상은 한줄기 빛이고, 생명이며, 그 모든 것이기 때문이다. 우리는 사상 속에서 태어나 사상으로 밥을 먹으며, 그 사상에 의해서 죽어간다. 사상은 시의 힘이고, 시는 사상의 꽃이다. 오현정 시인은 '불멸의 종이밥'을 먹는 순교자이고, 그 고통으로 시를 쓰는 시인이며, 영원한 사랑의 노래를 부르는 가수이다. 지혜, 용기, 실천(성실)의 미덕도 다 갖추었고, 이제는 이 삼박자의 리듬으로, 예언자, 심판관, 역사가의 길을 걸어갔으면 하는 것이 나의 주문이기도 한 것이다.

인생은 짧고 예술은 길다.

시는 사상은 꽃이다.

대단히 탁월한 시적 재능과 역사 철학적인 지식을 지니고 있는 만큼, 시를 쓰면서 더욱더 젊어지는 영원한 청춘(시인)의 삶을 살아가기를 바랄 뿐이다.

강영은 최서림

김지명 이서빈

이건청 김사인

김순일 공광규

문혜관 신미균

이영혜 김영수

정해영

강영은
슈퍼문super moon

시체 위에는 고추밭과 수박밭이 있었는데 개는 안 짖었습니까,

손과 발이 이유 없이 고개를 돌릴 때 달이 떠올랐다. 하반신이 날씬한 에볼라가 검은 대륙을 껴안을 때 달이 떠올랐다.

합삭이 될 때까지 지속되는 혼돈,

위성 같은 연인들이 바이러스를 퍼트릴 때 달이 떠올랐다. 사람의 옷을 입은 늑대들이 말라붙은 대지의 젖가슴을 빨 때 달이 떠올랐다.

별이 반짝이는 저쪽에서 달은 무슨 의미입니까, 의미와 무의미 사이

지구의 무릎 안쪽으로 커다란 자지가 들어왔다. 초록의, 눈부신 음부를 향해 지구의 흉곽이 부풀었다.

　삭망이 될 때까지 지속되는 폭력,

　어제도 내일도 아닌 오늘 밤 달이 떠올랐다. 또 다른 위성을 지닌 것처럼 포기할 수 없는 달빛이 차올랐다.

　주기적인 바닷물처럼 다음 생은 약속치 말자,

　우리는 개처럼 윙크 했다. 크고 아름다운 눈동자 가득 절망의 발바닥 같은 밀물이 출렁거렸다.
　— 강영은 시집, 『마고의 항아리』에서

신도, 인간도 죽었다. 25시, 더 이상 구원의 손길이 없는 최후의 시간에 슈퍼문super moon이 뜬다. 슈퍼문super moon은 대보름달이지만, 에볼라 바이러스에 의해 비명횡사한 연인들과 그들의 지구를 비추기 위하여 떠오른다.

시체들이 즐비한 데도 짖지 않는 개들, 사람의 옷을 입은 늑대들, 삭망이 될 때까지 지속되는 폭력들, 다음 생을 약속하지 않는 인생들, 절망의 발바닥같은 밀물들—.

오오, 슈퍼문super moon, 즉, 과연 대보름달은 그 어떤 의미가 있단 말인가?

오오, 에볼라 바이러스에 감염된 대보름달이여!!

최서림

물금

　바닷물이 숭어 떼처럼 파닥파닥 밀려올라오다 허리쯤에서 기진해 멈춘다 날숨과 들숨으로 강물과 혼몽히 몸을 섞는다 썰물을 내려 보내는 갯벌이 그리움으로 구멍이 숭숭 뚫려있는 곳, 그녀와 나 사이 매일 보이지 않는 선이 그어진다 내 그리움도 그곳까지, 그 선까지만 밀물져 가다가 해매다 돌아오고 만다 그녀가 사는 곳이 곧 물금이다 대추나무 잎에 반짝이는 햇살처럼 영혼에 일렁이는 물결무늬처럼 떠있는, 어느새 손가락 사이로 빠져나가버리는 물금, 물금 한복판에서 찾아 헤매이게 되는 물금, 농익은 감이 제 무게를 이기지 못해 철퍼덕 맨땅에 떨어져 산산이 흩어지는 곳, 초로의 적막이 물푸레나무 회초리로 자신의 종아리를 후려치는 그곳이 물금이다

　— 최서림 시집, 『물금』에서

참된 사랑은 영혼이 육체를 감싼다.

영혼은 부드러운 비단금침과도 같고, 육체는 피투성이로 얼룩진 상처와도 같다. 바다는 영혼이 되고, 강물은 육체가 된다.

최서림 시인은 밀물(바다)이 되어 물금까지 곧잘 가지만, 강물의 역사와 그 상처는 어쩔 수가 없다. 모든 것을 다 받아들이고도 더러워짐이 없는 바다처럼, 오늘도 물금으로 밀물져 달려가 그녀와 혼몽히 몸을 섞을 뿐이다.

참으로 슬프면서도 아름답고, 그 아름다움으로 철퍼덕 맨땅에 떨어지는 홍시같은 그녀들을 다 받아 들인다.

물금은 시인이 비단금침으로 그의 애인을 감싸는 곳이다.

김지명
쇼펜하우어 필경사

안개 낀 풍경이 나를 점령한다
가능한 이성을 다해 착해지려한다
배수진을 친 곳에 야생 골짜기라고 쓴다
가시덤불 속에 붉은 볕이 흩어져 있다
산양이 혀를 거두어 절벽을 오른다
숨을 모은 안개가 물방울 탄환을 쏜다
적막을 디딘 새들만이 소음을 경청한다
저녁 숲이 방언을 흘려보낸다
무릎 꿇은 개가 마른 뼈를 깨물어댄다
절벽 한 쪽이 절개되고
창자 같은 도랑이 넓어진다
사마귀 날개가 짙어진다
산봉우리 몇 개가 북쪽으로 옮겨간다
초록에서 트림 냄새가 난다
밤마다 낮은 거래 되고

낮이 초록을 흥정하는 동안

멀리 안광이 흔들린다

흘레붙은 개가 신음을 흘린다

당신이 자서전에서 외출하고 있다

― 김지명 시집, 『쇼펜하우어의 필경사』에서

욕망은 만악의 근거이며, 이 욕망 때문에 어느 누구도 고통 속의 삶을 피할 수가 없다. 하나의 욕망이 충족되면 또다른 욕망이 찾아와 괴롭고, 어쩌다가 이 욕망이 충족되면 또다른 권태의 습격을 받아 괴롭다. 인생은 고통과 권태 사이에서 시계추처럼 왕복운동을 하게 된다. 요컨대 우리 인간들의 삶은 '가사상태의 삶'이며, '연기된 사망'과도 같다는 것이 쇼펜하우어 철학의 핵심이라고 할 수가 있는 것이다.

김지명의 「쇼펜하우어 필경사」는 1인칭 시점이 아닌 3인칭 시점, 즉, 그는 쇼펜하우어의 원전에 충실한 필경사답게 그의 감정을 겉으로 드러내지 않는다. 안개 낀 풍경, 산양이 혀를 거두어 오르는 절벽, 절개된 절벽, 창자 같은 도랑, 밤마다 거래되는 낮, 신음을 하는 홀레붙은 개들이 시적 풍경의 주조를 이룬다. 완벽한 절망과 완벽한 허무 속에서, 삶의 의지의 정점인 성교마저도 도로아

미타불의 수고에 그치게 된다.

만일, 그렇다면 '쇼펜하우어의 필경사'는 왜, 그처럼 염세주의를 되새김질하며, 그 염세주의를 수천 년의 세월 속에다가 각인시키고 있는 것일까?

혹시, 완벽한 절망과 완벽한 허무를 되새김질하면서, 오히려, 거꾸로 그의 마음을 정화시키고 그의 삶의 의지를 단련시키는 것이 아닐까?

시는 낙천주의를 양식화시킨 것이다. 염세주의의 토양은 낙천주의이며, 이 염세주의마저도 삶의 의지의 꽃인 것이다. 인간의 고통을 해소시키려는 ―.

이서빈
마침표 •

마침표 하나 찍어놓고 보면 가장 좁은 문같기도 하고, 감옥을 막고있는 철문같기도 하다. 마침표가 없는 책은 없다. 어떤 빛나는 철학이나 슬픔, 기쁨에도 마침표는 있다.

외눈박이 눈은 그 사람을 막고있는 점이다. 내 어렸을 때 던졌던 조약돌 같아 읽고있던 책에서 퐁당퐁당 소리가 물방울처럼 튀어오른다.

이야기 하나에는 수많은 점이 있다. 점 하나 잘못 찍어 님이, 남이 되기도 하고, 궁이 공으로 굴러 떨어지기도 하고 마침표가 미침표가 되기도 한다.

작은 점 하나에서 아주 큰동그라미를 그리기도 하고, 글자가 걸어 나오고 초록 선율과 붉은 신비가 콩나물 자라듯 자라기도 한다.

모든 것을 마무리 짓는 점 하나, 절 안 모셔놓은 부처
도 점안을 해야 비로소 눈뜬 부처가 된다. 부처의 눈알
은 지구 공같기도 하다. 바둑을 두면 집 한 채를 지을 수
있고, 마지막 돌 하나로 길을 막을 수도 있다.

말이나 문장 뒤에 찍지않고 슬쩍 넘어가기도 하는 점.
긴장감에 꿀꺽 삼킨 침 한 방울같은 것 누구에게 어떤
말을 한 뒤 살짝 열어놓기도 하지만, 며칠뒤엔 사라지
는 점. 한적하게 비어있는 곳엔 작은 점 하나 찍혀 있다.

실수·노여움·슬픔은 모두 마침표를 안 찍은 것들.
우주를 반복하는 저 꽃잎도 언젠가 한 번은 찬란한 마침
표를 꾹 찍을 것이다.

    — 이서빈 시집, 『달의 이동 경로』에서

시인은 언어의 사제이며, 이 세상에서 가장 정교하고 세련된 언어를 사용할 줄 아는 예술가이다. 시인의 말에 의해서 하늘과 땅이 탄생했고, 시인의 말에 의해서 모든 동식물들이 탄생했다. 시인의 말에 의해서 어린 아이들이 탄생했고, 시인의 말에 의해서 사랑의 대상이 탄생했다. 시인의 말에 의해서 미움이 탄생했고, 시인의 말에 의해서 싸움이 탄생했다. 태초에 말씀이 있었고, 이 말씀으로 이 세계를 창출해냈던 것이다. 모든 시인들은 최초의 시인이자 최후의 시인인 호머의 또다른 분신이라고 하지 않을 수가 없다. 이서빈 시인의 「마침표 · 」를 읽다가 보면 그는 언어의 현상학자라는 생각을 지울 수가 없게 된다. 왜냐하면 현상론자는 사물의 겉모습만을 보지만, 현상학자는 두 눈에 보이지 않는 사물의 본질을 볼 수가 있기 때문이다. 언어의 유형은 다종다양하고, 그 쓰임새는 이루 다 헤아릴 수가 없다. 진실한 말, 거짓의 말,

사랑의 말, 증오의 말, 익살광대극의 말, 사악하고 잔인한 말, 간사하고 음탕한 말, 싸늘하고 날카로운 말, 마음껏 야유하고 조롱하는 말 등이 있고, 그 부호와 기호마저도 이루 다 헤아릴 수가 없는 것이다.

이서빈 시인을 언어의 현상학자라고 부를 수도 있겠지만, 우선 좁혀서 말한다면 '마침표의 현상학자'라고 말할 수도 있을 것이다. 그는 우선 "마침표 하나 찍어놓고 보면 가장 좁은 문같기도 하고, 감옥을 막고 있는 철문같기도 하다"라고 말하고, 그는 또한 "마침표가 없는 책은 없다. 어떤 빛나는 철학이나 슬픔, 기쁨에도 마침표는 있다"라고 말한다. 마침표는 좁은 문이며, 좁은 문은 탄생과 관련이 있다. 왜냐하면 모든 생명체는 수억 개의 정자들 중의 하나에서 탄생했고, 그 좁은 문을 통과했기 때문이다. 마침표는 감옥이며, 감옥은 그의 죽음과 관련이 있다. 감옥은 존재의 활동영역—좁은 의미에서—이며, 그는 그 감옥 속의 삶을 살다가 죽어가게 된다. 마침표는 모든 것의 시작이며, 모든 것의 죽음이다. 마침표 없는 책도 없고, 마침표 없는 철학도 없다. 마침표 없는 슬픔도 없고, 마침표 없는 기쁨도 없다. 제일급의 대가는 모든 것을 자기 자신의 목소리로 말하고, 그 모든 일들의 맺고 끝맺는 법을 가장 잘 알고 있다. 모든 제일급의 대가들은 마침표의 대가이거니와 이 마침표에 의해서 그들의 아름답고 행복했던 삶이 그 예술성과 영원성을 획득하게 된다. 호머, 단테, 셰익스피어, 괴테, 보들레르, 랭보, 베토벤, 모차르트, 소크라테스, 플라톤, 아리스토텔레스, 데카르트, 칸트, 쇼펜하우어, 니체, 마르크스 등이 바로 그것을 증명해주고 있는 것이다.

"외눈박이 눈은 그 사람을 막고 있는 점"이고, "내 어렸을 때 던졌던 조약돌"과도 같다. 외눈박이 눈은 조약돌이 되고, 외눈박이가 쓴 책은 시냇물이 되어서 내가 던진 조약돌에 의해서 퐁당퐁당 소리가 나게 된다. "이야기 하나에도 수많은 점이"있고, "점 하나 잘못 찍어 님이, 남이 되기도" 한다. "궁이 공으로 굴러 떨어지기도 하고" "마침표가 미침표가 되기도 한다." "작은 점 하나에서 아주 큰동그라미를 그리기도 하고," 작은 점 하나에서 "글자가 걸어 나오고 초록 선율과 붉은 신비가 콩나물 자라듯 자라나기도 한다." "모든 것을 마무리 짓는 점 하나, 절 안 모셔놓은 부처도 점안을 해야 비로소 눈 뜬 부처가" 되고, 그 "부처의 눈알은 지구 공같기도 하다." "바둑을 두면 집 한 채를 지을 수도 있고, 마지막 돌

하나로 길을 막을 수도 있다." "말이나 문장 뒤에 찍지 않고 슬쩍 넘어가기도 하는 점. 긴장감에 꿀꺽 삼킨 침한 방울같은 것, 누구에게 어떤 말을 한 뒤 살짝 열어놓기도 하지만, 며칠 뒤엔 사라지는 점. 한적하게 비어있는 곳엔 작은 점 하나 찍혀있다.// 실수 · 노여움 · 슬픔은 모두 마침표를 안 찍은 것들. 우주를 반복하는 저 꽃잎도 언젠가 한 번은 찬란한 마침표를 꾹 찍을 것이다."

참으로 아름답고 현란한 말솜씨이며, 하나님도 감동할 만큼의 '마침표의 현상학'이라고 하지 않을 수가 없다. '점-님-남-궁-공-마침표'는 '마침표의 말놀이'에 의한 자유연상의 기법이며, 그 수사법은 환유적이다. 환유는 인접성의 법칙이며, "점 하나 잘못 찍어 님이, 남이 되기도 하고, 궁이 공으로 굴러 떨어지기도 하고 마침표가 미침표가 되기도 한다"라는 시구에서처럼, 그 자유연상이 '마침표의 말놀이'로 이어지고 있기 때문이다. '점-눈알-바둑알-집'은 '마침표의 말놀이'에 의한 상징주의자의 기법이며, 그 수사법은 은유적이다. 은유는 유사성의 법칙이며, 점에서 눈알로, 눈알에서 바둑알로, 바둑알에서 집으로의 이미지는 그 유사성에 의한 '마침표의 말놀이'로 이어지고 있기 때문이다. "말이나 문장 뒤에 찍지 않고 슬쩍 넘어가기도 하는 점"은 은근슬쩍을 좋아하는 야비한 인간의 마침표를 뜻하고, "긴장감에 꿀꺽 삼킨 침 한 방울같은 것"은 큰일을 앞둔 자의 마침표를 뜻한다. "누구에게 어떤 말을 한 뒤 살짝 열어놓기도 하지만, 며칠 뒤엔 사라지는 점"은 그 어느 누구에겐가 극적인 혜택을 주는 자의 마침표를 뜻하고, "한적하게 비어있는 곳엔 작은 점 하나 찍혀 있다"는 것은 그 어느 누구도 주목하지 않은 일들의 마침표를 뜻한다. "실수·노여움·슬픔은 모두 마침표를 안 찍은 것들"이라는 것은 그 실수, 노여움, 슬픔의 무한한 연속성을 뜻하고, "우주를 반복하는 저 꽃잎도 언젠가 한 번은 찬란한 마침표를 꾹 찍을 것이다"라는 시구는, 우주의 역사도, 그 우주 속의 별들의 역사도 그 종말을 맞이하게 될 것이라는 예언의 말이기도 한 것이다.

이서빈 시인의 이러한 '마침표의 현상학'은 '수다의 현상학'으로 이어지고, 이 '수다의 현상학'은 '쉼의 현상학'으로 이어진다. 이 '쉼의 현상학'은 '무無의 현상학'으로 이어지고, 이 '무의 현상학'은 궁극적으로는 언어의 현상학으로 이어진다.

이건청
연둣빛 마가목 잎새 하나의 행방

폴란드계 유대인 처녀, 열아홉 살 도라 디아만트는 후두결핵의 F. 카프카와 6개월 살면서 남자가 겨우겨우 구술해주는 작품들을 받아 적었다. 4편의 단편을 수록한 소설집 『단식광대』는 카프카가 지상을 떠난 후에 간행되었다.

남자가 죽고, 혼자 남은 도라 디아만트는 나중에 트로츠키주의자인 남자와 결혼해서 소련으로 갔으며, 영국으로 이주해 1952년까지 살았다고 한다. 유대인 취사장에서 일하며 후두결핵 남자의 마지막을 지켜준 도라 디아만트. 지상의 어느 산굽이를 떠돌다 안 보이는 곳으로 흩어져간 연둣빛 마가목 잎새 하나.

— 『애지』, 2015년 여름호에서

폴란드계 유대인 처녀 도라 디아민트는 세계 제일의 유대인이 아닌, 저주받은 유대인이었으며, 따라서 그녀는 기인, 집시, 미치광이, 즉, 떠돌이-나그네에 지나지 않았던 것이다. 후두결핵의 프란츠 카프카와 6개월을 살면서 그의 「단식광대」를 받아 적었던 도라 디아민트, 프란츠 카프카가 죽자 트로키츠주의자와 결혼하여 소련으로 떠나갔던 도라 디아민트, 그리고 또다시 영국으로 이주해 가서 1952년까지 살았던 도라 디아민트—. 하지만, 그러나, 왜, 도라 디아민트가 이건청 시인의 주목의 대상이 되고, 이처럼 아름답고 슬픈 시, 「연둣빛 마가목 잎새 하나의 행방」을 탄생시킨 계기가 되었던 것일까?

프란츠 카프카는 폴란드계 유대인으로서 인간 존재의 가치를 전면적으로 부정하는 최고의 작가였으며, 우리 인간들의 존재 자체와 그 삶들을 추문으로 만들어버린 새로운 기법의 창시자였다고 하지 않을 수가 없다. 어느

날 갑자기 한 마리의 애벌레로 변해버린 그레고리 잠자(『변신』), 매우 반인간적이지만 자기 자신이 고안해낸 살인기계(처형장치)에 그토록 집착하는 「유형지에서」의 장교, 날이면 날마다 굶는 것을 장기로 삼는 '단식 광대' 등이 바로 그것이며, 프란츠 카프카는 직업이 곧 자기 자신의 존재의 정당성을 확보하는 방법이라는 것을 최초로 증명해 보였던 것이다.

직업은 자기 자신의 존재의 정당성을 확보하는 방법이며, 이 직업을 두고 사생결단식의 생존투쟁이 일어나게 된다. 이 남자에게서 저 남자에게로, 저 남자에게서 이 남자에게로, 공산주의자에서 자본주의자로, 자본주의자에서 공산주의자로, 폴란드에서 소련으로, 소련에서 영국으로 떠돌아 다니며 그레고리 잠자처럼 변신에 변신을 거듭했던 도라 디아민트―. 그러나 그녀는 우리들의 프란츠 카프카였고, 트로츠키였고, 우리 대한민국의 이건청 시인이었다. 경제체제는 일국 경제로서가 아니라 세계 경제체제라는 관점에서 파악해야 된다고 '영구혁명론'을 주창했던 트로츠키, 생산수단은 국유화되었지만 지배양식은 관료주의적이라고 스탈린을 비판했던 트로츠키, 그 결과, 소련의 제국주의와 일국 사회주의를 주창했던 스탈린의 칼날을 맞고 그의 망명지인 멕시코에서 비명횡사해갔던 러시아계 유태인이었던 트로츠키―, 이 트로츠키 역시도 우리들의 프란츠 카프카였고, 도라 디아민트였고, 우리 대한민국의 이건청 시인이었다.

마가목은 고산지대의 열악한 환경에서도 매우 잘 자라는 나무이며, 폐결핵, 천식, 해수, 위염, 악성종양, 치통, 관절염 등에 그 효능이 뛰어난 나무라고 한다. 기인, 집시, 미치광이, 즉, 떠돌이-나그네의 삶을 살아갈 수밖에 없었지만, 그 뛰어난 효능으로 프란츠 카프카, 트로츠키, 이건청 시인을 구원해준 연둣빛 마가목 잎새같은 여자, 그 저주받은 천형의 환경 속에서도 천재를 낳고 또 낳은 여자, 연두빛 마가목처럼 아름답고 슬픈 여자가 2015년 여름, 우리들의 『애지』 속에서 드디어, 마침내 한 편의 시로 탄생하게 되었던 것이다.

모든 천재들에게는 저주의 피가 흐르고, 이 저주의 피에 의해서 그의 고향은 '지혜사랑'의 비옥한 텃밭이 된다.

김사인

중과부적 衆寡不敵

조카 학비 몇푼 거드니 아이들 등록금이 빠듯하다.
마을금고 이자는 이쪽 카드로 빌려 내고
이쪽은 저쪽 카드로 돌려 막는다. 막자
시골 노인들 팔순 오고 며칠 지나
관절염으로 장모 입원하신다. 다시
자동차세와 통신요금 내고
은행카드 대출할부금 막고 있는데
오래 고생하던 고모 부고 온다. 문상
마치고 막 들어서자
처남 부도나서 집 넘어갔다고
아내 운다.

젓가락은 두자루, 펜은 한자루…… 중과부적!'*

이라고 적고 마치려는데,

다시 주차공간미확보 과태료 날아오고

　치과 다녀온 딸아이가 이를 세 개나 빼야 한다며 울

상이다.

　철렁하여 또 얼마냐 물으니

　제가 어떻게 아느냐고 성을 낸다.

　― 김사인 시집, 『어린 당나귀 곁에서』에서

　* 마루야마 노보루 『루쉰』에서 빌려옴.

📖

　　시인과 대학교수와 변호사와 의사와 소규모의 사업자
들마저도 자본가들에게 고용된 노예에 지나지 않는다.
　　마르크스의 말이 옳았다.
　　만국의 시민들이여, 단결하라!

　　"국립이라는 견장을 단 대은행은 그 출발부터 사적 투기
　　업체들의 회사에 지나지 않았으며, 그들은 정부와 어깨를 나
　　란히 하며 주어진 특권 덕분에 정부에 화폐를 대부할 수 있
　　었다(마르크스, 『자본론』 3에서)."

김순일
눈물꽃

초원에서 푸른 노래를 먹고 뛰놀던 말의 혀가 보이
지 않네
말랑말랑한 파아란 말, 풀꽃들의 노래가 얼음벽에 갇
혀 있네

얼음송곳 같은 말의 점령군이 섬의 요새에 높이 높이
성을 둘러치고 제 입에 맞지 않으면 하늘 말도 퇴박이네

새들이 비척비척 노래의 날개가 부러진 지 오래
벌 나비들이 비실비실 둥그런 알을 슬지 못하네

나루로 건너오던 파아란 물의 말들이 얼음 섬을 멀
리 비켜 서해 소금바다로 나가네 소금물로 귀를 싹싹
닦고 있네

설악산에서 내려왔다는 목탁이 같잖게 부처 흉내를 내다고 난도질을 당하고 피를 쏟으면서도 얼음 박힌 섬의 초원에 파아란 종소리를 뿌리네

햇살 같은 땅 냄새 같은 물소리 같은 바람 소리 같은 파아란 말이 봄비처럼 가슴에 스며들어 속삭이네

'사랑해요!'

얼음 박혔던 말의 초원에 그렁그렁 눈물꽃이 피어나네

— 『애지』, 2015년 여름호에서

이명박 정권으로부터 박근혜 정권에게 이르기까지 공안통치는 아직도 진행중이었고, 경찰과 검찰과 국정원의 전면적인 감시와 관리체제는 더욱더 강화되고 있다고 하지 않을 수가 없다. 모든 신문사와 방송사와 그리고 심지어는 이메일과 페이스북과 SNS까지도 검열의 대상이 되고 있지만, 그러나 그들의 정의사회 구현은 오직 반대파들만을 길들이고 숙청하는데 그 목표를 두고 있었던 것이다. 애초부터 푸른 초원으로 지칭되는 진정한 민주주의와 자유로운 사회는 문제가 되지를 않았고, '빈익빈/ 부익부'라는 대립구조의 해소와 기회균등의 원칙 역시도 문제가 되지를 않았다. 또한 원리원칙과 공정한 법의 집행도 문제가 되지를 않았고, 모든 불의를 제거하고 정의 사회를 구현한다는 목표 자체도 문제가 되지를 않았다. 그 결과, 학생, 지식인, 시민단체, 진보야당의 입에 재갈이 물려졌고, 지난 날의 냉전시대에서처럼 얼음성의 높이만이 더욱더 크고 견고해져 갈 수밖에 없었던 것이다.

"말랑말랑한 파아란 말, 풀꽃들의 노래"의 일차적 의미는 푸른 초원의 대명사인 말을 뜻하고, 그 이차적 의미는 인간의 언어인 말을 뜻한다. 푸른 초원에서 말들이 자유롭게 뛰어놀 듯이, 우리 인간들의 말들도 사랑과 믿음으로 자유롭게 뛰어놀지 않으면 안 된다. 하지만, 그러나 "말랑말랑한 파아란 말, 풀꽃들의 노래가 얼음벽에 갇혀" 있듯이, "얼음송곳 같은 말의 점령군이" "제 입에 맞지 않으면 하늘의 말도" 거들떠 보지도 않는다. 새들도 비척비척 노래의 날개가 부러졌고, 벌과 나비들도 비실비실 둥그런 알들을 슬지 못한다. 자유와 평등과 사랑의 대명사인 "파아란 물의 말들이 얼음 섬을 멀리 비껴" "소금물로 귀를 싹싹 닦고 있다"는 것은 도저히 공안정국, 즉, 얼음공화국의 선전-선동수단의 말들을 더 이상 들어줄 수가 없다는 것을 뜻한다. 이제 더 이상 그 어떠한 예언자도 살 수가 없는 땅이 되었고, "설악산에서 내려왔다는 목탁이 같잖게 부처 흉내를 낸다고 난도질을 당"하면서, 그 피로 "얼음 박힌 섬의 초원에 파아란 종소리를 뿌리"게 된다.

눈물꽃은 자살특공대와도 같은 살신성인의 꽃이며, 이 살신성인의 자세에 의해서만이 풀뿌리 민주주의와도 같은 눈물꽃이 피어나게 된다.

대한민국의 모든 국민들이여, 어서 빨리 깨어나라!

그대들의 뜨겁디 뜨거운 눈물꽃으로 이 얼음공화국의 성채를 녹여버리지 않으면 안 된다.

자, 우리 모두 죽는 거요!

푸른 말들의 자유를 위해서, 가장 멋지고 아름답게 죽는 거요!!

공광규
서울역

서울역 4번 플랫홈에서 부산행 고속열차를 기다리다
가 발견한

화강암에 새긴 서울발 이정표 조각물

서울역에서 출발하면 닿을 수 있는 거리가 음각되어
있다

내가 오늘 가려는 부산까지 441 킬로미터

목포까지 414 킬로미터

강릉까지 374 킬로미터

그런데 평양까지는 겨우 260 킬로미터로 표시되어 있다

인천까지는 38킬로미터인데

내가 살고 있는 일산에서 개성까지는 더 가까울 것
이다

부산보다 조금 더 먼 신의주가 496 킬로미터

나진은 부산 가는 거리보다 두 배 더 먼 943 킬로미
터이다

그렇더라도 고속열차로 간다면 6시간이면 닿을 수 있는 거리이다

내가 못 가본 저곳들은 얼른 가보고 싶은 곳들이다

대동강 건너 신의주에서 국경을 넘어 이베리아반도까지

나진을 거쳐 광활한 시베리아를 지나 북해의 어디쯤에 닿고 싶다

어느 날 배낭을 꾸려서 떠났다가

몇날 며칠을 묵으며 깨끗한 술 한잔 하고 돌아오고 싶은 곳이다

— 『애지』, 2015년 여름호에서

이 지구상에서 대한민국처럼 더럽고 추한 나라가 어디에 있을까? 남북은 분단되어 있고, 민족통일의 꿈은 영원히 이루어지지 않게 되어 있다. 국가를 형성하지 못한 민족은 역사가의 주목을 받지 못하게 되어 있다라는 말도 있다. 남과 북이 민족분단의 당사자이며, 남과 북이 조건없이 상호 교류를 하면서, 그것이 나진이든, 신의주이든, 선봉이든, 원산이든지 간에 개성공단과도 같은 공단을 10여 개나 더 지으면 남북통일은 저절로 자연스럽게 이루어지고, 남북한 인구 8,000만 명으로 동북아의 강대국으로 부상할 수도 있을 것이다. 목포에서 서울을 거쳐, 신의주를 지나 이베리아 반도까지, 또는 부산에서 서울을 거쳐 함흥과 나진을 지나 북해까지, 대한민국은 물류의 중심지가 되고, 우리 한국인들이 잃어버릴 것이라고는 3·8선과도 같은 철의 장막일 뿐이라고 생각된다.

만일, 그렇다면 우리 한국사회에서 가장 큰 걸림돌이란 무엇이란 말인가? 첫 번째는 민족의 주체성의 문제이고, 두 번째는 좌우 이념의 대립과 불신의 문제이다. 세 번째는 부정부패의 심화의 문제이고, 네 번째는 교육개혁을 통한 기초생활질서의 문제이다. 통화주권도 없고, 환율주권도 없다. 식량주권도 없고, 안보주권도 없다, 영토주권도 없고, 외교주권도 없다. 이러한 여러 주권의 상실이 '총을 든 강도집단'에 불과한 이민족들(미국, 일본, 중국, 소련)에게 우리 대한민국의 운명을 맡겨 놓고 있게 된 것이다. 한반도의 문제에 있어서 남북의 당사자인 우리 한국인들은 늘 배제되고 있으며, 이민족의 손짓에 따라서 언제, 어느 때나 추풍의 낙엽처럼 떨어질 운명에 처해 있다고 하지 않을 수가 없다.

　나는 우리 한국인들 중에서 좌우의 이념의 의미를 제대로 이해하고, 또 그것을 뛰어넘을 수 있는 대안을 제시해 놓은 지식인들을 단 한 명도 본 적이 없었다. 우리 인간들은 사회적 동물이고, 분업과 협업이 그 사회적 조직의 형태로 되어 있다. 자본주의 사회는 개인의 자유와 사유재산제도를 인정하지만, 조세제도를 통하여 만인평등과 공정한 부의 분배를 하게 된다. 하지만, 그러나 공산주의는 개인의 자유와 사유재산제도를 인정하지 않고 모든 것을 국가가 관리하고 국가가 통제를 하게 된다. 인간 사회는 근본적으로 공산사회이며, 어느 누구도 이 분업과 협업의 체제를 벗어날 수가 없다. 문제는 부의 공정한 분배와 만인평등의 원칙이며, 이것은 보다 더 정확하고 합리적인 정책으로 실시해 나가지 않으면 안 된다.

어느 누구 한 사람도 쓰레기를 버리지 않으며, 어느 누구 한 사람도 이웃집 담장을 넘어가 도둑질을 하지 않는다. 어느 누구 한 사람도 그가 소속된 정당이나 단체에 손해를 끼치지 않으며, 어느 누구 한 사람도 타인의 호주머니에 손을 대지 않는다. 이것이 문화선진국민인 일본인들의 도덕이라면, 우리 대한민국은 '표절이 출세의 보증수표'가 되고, '뇌물이 국가성장의 원동력'이 된다. 표절이 출세의 보증수표가 되는 나라가 어떻게 문화선진국민이 되고, 뇌물이 국가성장의 원동력이 되는 나라가 어떻게 문화선진국민이 될 수가 있단 말인가?

교육개혁은 하루바삐 모든 사설학원을 폐지시키고, 독서중심의 글쓰기 교육으로 하지 않으면 안 되고, 우리 한국인들도 하루바삐 사상가와 이론가들을 배출해내지 않으면 안 된다. 학교도 있고, 구청도 있다. 시청도 있고, 경찰서도 있다. 방송국도 있고, 신문사도 있다. 검찰청도 있고, 법원도 있다. 군대도 있고, 사법부도 있다. 국정원도 있고, 시민단체도 있다. 입법부도 있고, 대통령도 있다. 우리 한국인들이 마음만 먹는다면 단 한 푼도 들이지 않고 삼천리 금수강산을 쓰레기 하나도 없이 만들 수도 있고, 어느 누구 한 사람도 교통신호등을 지키지 않을 수도 없게 할 수도 있다.

하지만, 그러나 어느 개새끼 한 마리 쓰레기 함부로 버리지 말고, 기초생활질서를 반드시 지켜야 한다고 강조를 하지 않는다. 이 개새끼들, 이 기생충들, 이 미치광이들, 이 돌대가리들, 이 찰거머리들, 이 살쾡이들, 이 빈대들, 이 흡혈귀들이 고관대작의 탈을 쓰고 활보를 하고 있는 한, 삼천리 금수강산은 쓰레기 더미로 몸살을 앓게 되고, 우리 대한민국은 미국과 일본과 중국과 러시아의 고물상들에게 아주 값싸게 팔려가게 될 것이다.

'통일대박', '비핵삼천'은 미국놈들이 교사한 반통일의 구호에 지나지 않는다.

'표절대박', '뇌물만세'가 우리 대한민국의 자랑스러운 국시國是라고 하지 않을 수가 없다.

문혜관

동백꽃

지독하게 추운 어느 날

눈이 많이 오던 날

어머니께서 기침을 하시더니

각혈까지 쏟더니

백설 위에

빨간 꽃, 피었다.

— 문혜관 시집, 『찻잔에 선운사 동백꽃 피어나고』에서

◫

　"아버지, 아버지······ 씹새끼, 너는 입이 열이라도 말 못해"(이성복,「그해 가을」), "아버님, 제발 썩으세요, 왜 生時의 그 눈썹으로 살아 있는 저희를 노려보십니까?"(황지우,「천사들의 계절」)라는 이성복과 황지우의 시구들에서처럼, 아버지는 전제군주적인 권위의 상징이지만, 어머니는 아버지의 권위 아래서 수많은 고통과 그 어려운 삶을 살면서도—오늘날은 아버지와 어머니의 관계가 역전되었지만—우리들을 자나깨나 보살펴 주는 대덕大德, 즉, 사랑의 상징이라고 하지 않을 수가 없다. 아버지는 언제, 어느 때나 아버지의 권력으로 찍어 누르려고 하고, 어머니는 언제, 어느 때나 그 모든 것을 사랑으로 다 감싸 안으려고 한다. 여기서 아버지 살해의 정당성이 생겨나고, 어머니 찬양의 성모상이 탄생하게 된다. 요컨대 살부와 근친상간의 기원은 이처럼 오랜 역사를 간직하고 있는 것이다.

동백은 차나무과에 속하는 상록교목이며, 한국과 중국과 일본 등에 걸쳐서 200여 종이 분포하고 있다고 한다. 우리나라에는 동백, 애기동백(산다화), 흰동백, 뜰동백 등이 자생하고 있으며, 동백나무 군락지는 천연기념물로 지정되어 대부분이 지역명소가 되어 있다고 한다. 동백꽃잎은 말려서 차로 마시고, 열매는 기름으로 짜서 식용유로 사용하거나 가구 등의 윤기를 내기도 하고, 아토피 피부병의 치료제로 사용되는 등, 그 어느 것도 버릴 것이 없다고 한다. 한겨울 혹독한 추위와 눈보라 속에서 꽃봉오리를 맺고, 해마다 정초에 꽃망울을 터뜨리는 동백, 그 '누구보다도 당신을 사랑합니다'라는 진실한 사랑의 대명사인 동백, 청렴과 절조라는 꽃말을 지닌 동백—. 이 동백꽃이 문혜관 스님에 의하여 우리들의 어머니로 다시 피어난 것이다. 가난과 병듦(늙음)의 대명사인 기침과 각혈—, 그 어머니의 한 맺힌 토혈吐血이 빨간 꽃—동백으로 피어난 것이다.

　약소민족이나 가난한 집에서는 결코 고급문화가 꽃피어날 수가 없다. 십자가에 못 박힌 예수나 떠돌이 탁발승으로 열반했던 부처, 영원한 숙적인 영국군을 물리치고 풍전등화 속의 조국을 구해냈던 잔 다르크에게는 순교의 상징인 동백꽃이 될 수도 있겠지만, 우리 한국인들의 어머니에게는 결코 그럴 수가 없다. 끊임없는 유리걸식과 문전박대, 가난과 병듦, 따라서 우리 한국인들의 동백은 희망, 사랑, 청렴, 절조라기보다는 슬픔과 분노와 서러움의 대상일 뿐이었던 것이다.

이 세계의 영역을 넓히고 새로운 인간의 삶의 양식을 정립하기보다는 자포자기와 체념 속에서 모가지째 통째로 비명횡사(참수)를 당해야만 하는……

신미균
거짓말

간단히 입고 벗을 수 있다
일상적인 일을 하거나
조깅 에어로빅을 할 때도
사용할 수 있다
입고만 있어도 땀이 난다
가볍고 튼튼하다
모자가 달려 있어
여차하면 떼어서
남에게 뒤집어씌울 수 있다
우주인의 멋과 색깔도 느낄 수 있다
한번 입기 시작하면
계속 입고 싶어진다

남녀 공용
프리사이즈다

— 신미균 시집, 『웃기는 짬뽕』에서

신미균 시인의 「거짓말」을 읽으면서, 거짓이란 무엇인가를 생각해 본다. 거짓이란 사실이 아닌 것을 사실이라고 말함으로서 타인을 속이고 자기 자신의 이익을 취하는 것을 말한다. 사실이란 실제로 일어난 사건이나 그 일들을 말하지만, 그러나 거짓말을 하는 당사자에게 있어서의 이 사실은 진실이 되고, 이 진실은 거짓이 없고 바르고 참된 어떤 것을 지시하게 된다.

하지만, 그러나 거짓말과 진실은 일란성 쌍둥이이고, 그 주체자의 입장, 위치, 환경에 따라서 동일한 사건이 다르게 해석될 수도 있으며, 이 해석을 두고 영원히 화해할 수 없는 적대자가 되기도 한다. 일본의 대륙 진출은 일본인들에게는 최고의 선이었지만, 우리 한국인들과 중국인들에게는 두 번 다시 용서하고 싶지 않은 최악의 사건(침략)이 되었던 것이다. '나는 선하다'고 하면 '그대는 졸지에 악한 사람'이 되고, 그대가 그대의 막내 아들만을 편애를 하게 되면, 그대의 다른 아들들은 그대와 그대의 막내 아들을 미워하게 된다. 진실과 거짓은 동일한 사건의 양면이며, 나는 이것에 대하여 나의 『행복의 깊이』 제2권에서 다룬 바가 있었다.

신미균 시인의 「거짓말」은 이러한 진실과 거짓의 상관관계를 다룬 것이 아니며, 진실은 따로 있고, 우리는 그 진실을 은폐한 채, 거짓말을 하며 거짓에 의지해서 살아가고 있다는 것을 아주 자연스럽게 폭로하고 있다고 하지 않을 수가 없다. 거짓말은 간단히 벗고 입을 수도 있는데, 왜냐하면 "일상적인 일을 하거나/ 조깅 에어로빅을 할 때도/ 사용할 수"가 있기 때문이다. 거짓말은 매우 견고하고 실용적인데, 왜냐하면 입고만 있어도 땀이 나고 아주 "가볍고 튼튼"하기 때문이다. 거짓말은 모자가 달려 있어서 여차하면 떼어서 남에게 뒤집어 씌울 수도 있고, 거짓말은 우주인의 멋과 색깔도 있어서, 한 번 입기 시작하면 계속 입고 싶어진다.

거짓말은 영양만점의 종합식품이며, 그 효용성이 뛰어난 만병통치약이다. 거짓말은 삶의 윤활유이며, 자유인의 전가傳家의 보도寶刀와도 같다. 거짓말은 "남녀 공용/ 프리사이즈"이며, 우리 인간들은 거짓말이 없으면

이 세상의 삶을 살아갈 수가 없다.

신미균 시인의 '거짓말'은 옷이고, 모자이며, 우주인의 아름답고 멋진 유영복遊泳服이라고 하지 않을 수가 없다.

거짓말의 사회적 기능이나 그 유형의 범주들은 매우 다종 다양하고 복잡할 수도 있겠지만, 우리 인간들은 오늘도, 지금 이 순간에도 거짓말이라는 나무 위에다가 자기 자신의 둥지를 틀고 아주 행복하게 살아가고 있는 것이다. 진실이, 혹은 매우 선명하고 편협한 도덕 감정이, 마치, 세찬 비 바람처럼, 거짓말의 나무와 모든 낙천주의자들의 존재의 집을 위태롭게 하지만, 거짓말의 줄기와 뿌리와 가지들은 너무나도 깊고 견고하고 튼튼하다. 우리 인간들의 존재의 집은 거짓말이라는 반석 위의 집, 어떠한 천재지변이나 수많은 강적들의 물리적인 공격으로부터도 안전하고, 또 안전하기만 하다. 통치자의 거짓말을 할 수 있는 권리, 스승이나 의사나 판사나 검사가 거짓말을 할 수 있는 권리, 인간과 인간을 위한 이타심에 의해서 거짓말을 할 수 있는 권리, 명문의 기원으로서의 부와 행복의 기원으로서의 부를 위해서 거짓말을 할 수 있는 권리, 차마, 양심의 가책 때문에 괴롭기는 하지만, 처절한 생존경쟁의 장에서 살아남기 위한 배신으로서의 거짓말을 할 수 있는 권리, 상대방의 위해나 폭력에 맞서서 아주 지능적인 간계로서의 거짓말을 할 수 있는 권리, 불필요한 상대방의 호기심이나 쓸데 없이 타인의 사생활을 침해하려는 자들에 대하여 거짓말을 할 수 있는 권리, 정당방어로서의 거짓말과 오입을 하고서도 하지 않았다고 말할 수 있는 권리, 법을 어기고도 법을 어기지 않았다고 말할 수 있는 권리와 자기 아들이나 아버지를 보호하기 위해서 너무나도 뻔뻔스러운 거짓말을 할 수 있는 권리, 위대한 제국의 건설이든, 지상낙원이든, 하늘 나라의 천국이든 간에 사상과 이념으로 무장하고 수많은 민족과 대중들을 사로잡기 위해 전혀 근거도 없고 검증되지도 않았지만, 그러나 돌 속의 내장을 뚫고 들어가 돌부처의 마음마저도 움직일 수 있는 달콤한 말로써 거짓말을 할 수 있는 권리 등—, 이러한 거짓말들은 얼마나 다종다양하고 아름답고, 또 유용하고 필요한 거짓말이라고 할 수가 있는 것일까? 거짓말은 우리 인간들의 삶을 보다 넓고 아름답고 풍요롭게 하는 역동적인 에너지이며, 모든 거짓말들은—그것이 도덕적이든, 부도덕적이든지간에—조건없이 허용되지 않으면 안 된다.

　　— 반경환, 「거짓에의 의지」(『행복의 깊이 2』)에서

거짓말은 너무도 쉽고 **뻔뻔스럽고** 진실은 너무나도 어렵고 처절하다고 진실에의 의지가 말한다. 그러나 진실은 거짓말을 너무도 학대하고 못 살게 굴고 거짓말만이 더욱더 처절하고 고독하다고 거짓에의 의지가 말한다. 그러나 또 자세히 살펴보면, 진실이 거짓말의 머리채를 붙잡고 거짓이 진실의 멱살을 움켜잡고 있는 것 같지만, 그들은 아리스토텔레스나 칸트와도 같은 도덕군자들의 눈을 피해서 은밀한 연애와 낯 뜨거운 정사까지도 즐기고 있는 것처럼 보인다. 모든 선악이 그렇듯이, 진실과 거짓은 서로 서로 하나의 끈으로써 이어져 있고, 그것들은 또한 도덕적 가치판단의 양면을 이루고 있다고 해도 과언이 아니다.

　― 반경환, 「거짓에의 의지」(『행복의 깊이 2』)에서

이영혜

살 많은 여자

나를 입고 내가 두른 살들과 한 몸으로 여기까지 왔다
오행이 다 들어와 있다는 내 사주팔자에도 필시
살肉 사이사이 마블링처럼 살煞이 끼어있음이 틀림없
는데
내 안과 밖의 살들은 내 정신과 육체의 실존이어서

나의 상징이자 정체성이었던 볼살 허벅지살에
생존을 위한 애교살 애살에 엄살까지…… 더해가며……
살들과의 전쟁에서 하루도 자유롭지 못했지만, 모질
지 못하여
한 근의 살도 쉽게 덜어내지 못했다

울 엄마 난산에 나, 몸에 피를 묻히고 태어났는지
도화살에 뭇 남자들이 던져준 난분분 꽃잎으로 쉬이
붉게 물들었고

역마살에 마음 한 곳에 머물지 못하고 계절마다 가슴
앓이, 고독과 벗해왔으며
　　백정의 드센 팔자라는 백호살에 손에 피 묻히며 살풀
이하듯 살아왔다

　　하지만, 나
　　불화하던 오랜 살들과 조금은 화해하게 되었으니
　　볼살 허벅지살은 동안과 젊음의 대세가 되었고
　　도화살 덕분에 시인 이름 얻었을 것이고
　　역마살 타고 내 발걸음은 세상 저 멀리 달려나갈 것
이며
　　외과 계통 의사들에게 백호살이 많다니
　　내 직업 선택을 자위함이다

　　차도르나 부르카 안에 내 안팎의 살 다 가리고
　　그대 앞에 서고 싶었으나……

　　나 이제, 늘어나는 뱃살 나잇살 주름살까지
　　영영 동행할 나의 실존으로 받아들이려 하니
　　살아 살아, 나의 살들아!

사라지지 않아도 좋으니,

우리, 살, 살, 살 더 잘 살아 보자꾸나

— 『시산맥』, 2015년 여름호에서

이영혜 시인의 「살 많은 여자」는 '살'에 대한 깊이 있는 성찰을 통하여, 다양한 살의 의미와 함께 그 울림을 울려퍼지게 하면서, 이 세상의 삶에 대한 찬가인 '살들의 향연'을 펼쳐보이고 있는 시라고 할 수가 있다. 시적 화자는 우선은 조금쯤은 뚱뚱하고, 따라서 '살들과의 전쟁'을 통하여 아름답고 예쁜 미인이 되었으면 하는 소망을 갖게 된다. "나의 상징이자 정체성이었던 볼살 허벅지살에/ 생존을 위한 애교살 애살에 엄살까지…… 더해가며……/ 살들과의 전쟁에서 하루도 자유롭지 못했지만, 모질지 못하여/ 한 근의 살도 쉽게 덜어내지 못했다"라는 시구가 바로 그것을 증명해준다.

　이때의 살이란 영양과다에 의한 비만이지만, 시적 화자는 그것을 직접 언급하지 않은 채, 다양한 살들의 향연을 펼쳐보인다. 살肉은 살煞이 되고, 살은 볼살이 된다. 살은 허벅지살, 애살, 엄살이 되고, 살은 도화살, 역마살, 백호살이 된다. 살은 뱃살, 나잇살, 주름살도 되고, 살은 "살, 살, 살 더 잘 살아 보자꾸나"의 살도 된다. 살肉이 살煞이 된다는 것은 비만이 병이라는 것을 뜻하고, 그 모든 살들이 궁극적으로는 죽음(살=煞)에 이르는 질병의 징후임을 뜻하게 된다. 따라서 그는 다이어트를 결심하게 되었지만, "내 안과 밖의 살들은 내 정신과 육체의 실존이어서" "살들과의 전쟁에서", 단, "한 근의 살도 쉽게 덜어내지 못했다"는 변명 아닌 변명을 늘어 놓게 된다. 아니, 이영혜 시인의 「살 많은 여자」는 그의 변명이 아닌 '살 많은 여자'의 삶에 대한 옹호이며 찬가라고 하지 않을 수가 없다.

나이를 먹게 되면 미모에 대한 관심도 적어지고, 그 반면에, 모든 것을 합리화시키며, 조금쯤은 의뭉스럽게 수치심을 상실하게 된다. "볼살 허벅지살에/ 생존을 위한 애교살 애살에 엄살까지…… 더해가며……" "살들과의 전쟁에서 " 이미 패배가 결정되어 있었음에도 불구하고, 왜, 무엇 때문에, '도화살'과 '역마살'과 '백호살'까지 더욱더 의뭉스럽게 거론하고 있단 말인가? 도화살이란 한 남자의 아내로서만 살 수 없는 여자의 팔자를 뜻하고, 역마살이란 그 도화살 덕분에 만년주유권萬年周遊券을 가진 떠돌이-나그네의 삶을 뜻하며, 백호살이란 생명존중의 반대방향에서 손에 피 묻히고 살아갈 수밖에 없는 운명임을 뜻하게 된다. 왜, 미모가 묻힐 만큼 뚱뚱한 주제에, "난분분 꽃잎으로 쉬이 붉게 물들었고", 왜, 미모가 묻힐 만큼 뚱뚱한 주제에, "마음 한 곳에 머물지 못하고 계절마다 가슴앓이, 고독과 벗해왔으며", 왜, 미모가 묻힐 만큼 뚱뚱한 주제에, 더,더욱 살이 찔 수밖에 없는 '백호살'을 탐해왔단 말인가? 생명이 생명을 먹는다는 것은 죄의식과 감사한 마음을 불러 일으킨다. 죄의식이란 타자의 생명을 먹을 권리가 없다는 것을 뜻하고, 감사함이란 그래도 어쩔 수 없이 타인의 생명을 먹음으로써 이 세상을 살아갈 수가 있다는 것을 뜻한다. 따라서 살이 쪘다는 것은 범죄의 증거일 수밖에 없는데, 왜냐하면 그것이 초식이든, 육식이든지간에, 너무나도 많은 생명을 먹었다는 것을 뜻하기 때문이다. '살 많은 여자', 즉 죄인은 말이 없고 침묵함으로써 속죄를 해야 하지만, 더욱더 자기 자신의 과식(탐식)을 합리화시키며, '사랑 타령'이나 하는 '여자'가 과연 어떻게 자비롭고 예의 바른 여자라고 할 수가 있단 말인가? 살이 많은 여자는 자세히 보면 밉고, 오래 바라보면 더욱더 밉다. 왜냐하면 그는 조금쯤은 의뭉스럽고 수치심을 상실했기 때문이다.

하지만, 그러나 시적 화자는 "불화하던 오랜 살들과 조금은 화해하게 되었으니"라고 말하고 있는데, 이것은 그가 그토록 오랫동안 '살들과의 전쟁'을 해왔다는 증거가 된다. 살들과의 전쟁이란 너무나도 왕성한 식욕과의 싸움이며, 자기 자신의 인내심을 극도로 발산시키는 비인간적인 싸움이라고 할 수가 있다. 식욕은 먹고 싶다고 말하고, 의식은 먹고 싶지 않다고 말한다. 식욕은 딱 한 번만 더 먹고 금식하겠다고 말하고, 의식은 절대로 안 된다고 말한다. 이 싸움에서 이기면 그는 승자가 되고, 이 싸움에서 패배를 하면 그는 패자가 된다. 「살 많은 여자」는 패자이며, 이제는 그 패자의 아픔도 잊고, "볼살 허벅지살은 동안과 젊음의 대세가 되었고/ 도화살 덕분에 시인 이름 얻었을 것이고/ 역마살 타고 내 발걸음은 세상 저 멀리 달려나갈 것이며/ 외과 계통 의사들에게 백호살이 많다니/ 내 직업 선택을 자위함이다"라고 너무나도 뻔뻔스럽고 의뭉스럽게 그 패자의 삶을 합리화시킨다. 그렇다. 꿈보다는 해몽이 좋아야 한다. 이처럼 자기 자신을 미화하고 합리화시키지 못하면 그의 삶이 없게 된다. 볼살과 허벅지살은 동안과 젊음의 대세가 되었고, 도화살 덕분에 시인이라는 이름을 얻었다. 역마살을 타고 세상 저 멀리까지 달려나가게 되었고, 백호살 덕분에 외과 계통의 직업으로 손에 피 묻히면서 살아가게 되었다.

행복은 멀리 있는 것이 아니다. 아름답고 예쁜 미인을 포기하니까, 그 모든 행복들이 다 달려와 내 품에 안겨버린다.

자, 우리 모두 다같이 아름답고 행복한 삶을 살다가, 아름답고 행복하게 죽어 가는 거요!

> 차도르나 부르카 안에 내 안팎의 살 다 가리고
> 그대 앞에 서고 싶었으나……
>
> 나 이제, 늘어나는 뱃살 나잇살 주름살까지
> 영영 동행할 나의 실존으로 받아들이려 하니
> 살아 살아, 나의 살들아!
> 사라지지 않아도 좋으니,
> 우리, 살, 살, 살 더 잘 살아 보자꾸나

영양이 과다하면 살이 찌게 되고, 영양이 알맞고 충분하면 건강하게 균형이 잡히고, 영양이 부족하게 되면 너무나도 깡마르고 허약하게 된다. 탐식, 폭식, 과식은 첫 번째 유형에 해당되고, 충분히 알맞고 균형잡힌 식사는 두 번째 유형에 해당되며, 너무나도 적게 소식小食을 하게 되면 세 번째 유형에 해당된다.

이영혜 시인은 '살들과의 전쟁'을 통하여 아름답고 예쁜 미인을 꿈꾸었지만, 그러나 어쩔 수 없이 산해진미의 음식 앞에서, 그 꿈을 포기하고 말았던 것이다. 따라서 '살 많은 여자'는 뼈를 깎는 듯한 자기 반성이나 회한은 커녕, 오히려, 거꾸로 '살 많은 여자'의 삶을 옹호하고 찬양한 시라고 하지 않을 수가 없다. 고귀하고 위대한 삶의 주인공은 비극적인 인물이 되고, 너무나도 평범하고 일상적인 삶의 주인공은 희극적인 인물이 된다. 비극은 가장 어렵고 힘든 생존조건 속에서 희생되어간 영웅들의 삶에 그 초점을 맞추고, 희극은 모든 장애물과 불행의 조건들을 극복하고 행복한 삶을 향유하는 사람들의 삶에 그 초점을 맞춘다. 「살 많은 여자」는 살과의 전쟁에서 패배를 한 희극의 주인공이지만, 그러나 오히려, 거꾸로 살과의 전쟁을 포기함으로써 더욱더 행복한 삶을 향유하게 되었던 것이다.

「살 많은 여자」는 너무나도 코믹하고 의뭉스럽게, 다

양한 살들의 향연을 펼쳐 보인다. 기지, 반어, 유머, 조롱, 익살 등의 말과 함께 그 감정들을 수반하며, 적당히 살이 찌고, 적당히 의뭉스럽고, 적당히 수치심을 잃어버리면 더욱더 행복해질 수 있겠구나라고, 그 모범적인 사례를 선보이고 있는 것이다.

'살肉, 살煞, 볼살, 허벅지살, 애살, 엄살, 도화살, 역마살, 백호살, 뱃살, 나잇살, 주름살' 등의 살을 통하여……

김영수

喜壽

새 달력을 걸고 보니
희수 따라왔구나

가을이 깊었는데
이 애벌레는 아직도 나비가
못되었으니……

희수라니!
— 김영수 시집, 『꿈꾸는 詩』에서

삶이란 무엇이고, 죽음이란 무엇인가? 이러한 명제는 형이상학적인 명제이며, 영원히 그 정답이 없는 수수께끼와도 같은 명제라고 하지 않을 수가 없다. 삶이란 이 세상에 태어나서 그가 죽을 때까지를 말하는 것이고, 죽음이란 그 수명을 다하여 수많은 원소(원자)들로 분해되어가는 것을 말한다. 하지만, 그러나 어떠한 삶이 잘 사는 삶이며, 어떻게 죽어가는 것이 올바른 죽음인가라는 문제에 대해서는 어느 누구도 손쉽게 대답을 할 수가 없다. 잘 산다는 것은 의롭게 산다는 것이며, 자기 자신의 삶이 만인들의 행복에 기여하는 삶을 말한다.

절대군주의 명령에도 불구하고 '오점 없는 명예'를 위해서 죽어간 사람도 있고, '악법도 법이다'라고 해외로의 망명을 거절하고 한 사발의 독배를 마시고 죽어간 사람도 있다. 비록, 소녀의 몸이지만 풍전등화 속의 조국을 구원하고 죽어간 사람도 있고, 채, 그 꽃이 피어나기도 전에, 영원한 숙적인 프랑스군과 싸우다가 장렬하게 죽어간 사람도 있다. '학사천오學思踐悟'. 배우고 생각하고 실천하며 깨닫는 마음, 바로 이 마음이 "아침에 도를 들으면 저녁에 죽어도 좋다"라는 공자의 사상으로 이어지기도 한다.

사는 법을 배우는 것은 죽는 법을 배우는 것이고, 죽는 법을 배우는 것은 사는 법을 배우는 것이다. 맹자는 이 네 가지 마음, 즉, 사단四端을 역설한 바가 있는데, 측은지심惻隱之心, 수오지심羞惡之心, 사양지심辭讓之心, 시비지심是非之心이 바로 그것이라고 할 수가 있다. 측은지심은 남을 불쌍히 여기는 것이고, 수오지심은 자신의 옳지 못한 행실을 부끄러워하고 남의 옳지 못한 행실을 미워하는 것이다. 사양지심은 겸손하여 타인에게 양보하는 마음이고, 시비지심은 옳고 그름을 분별하는 마음이다. 측은지심은 인仁의 단에 해당되고, 수오지심은 의義의 단에 해당된다. 사양지심은 예禮의 단에 해당되고, 시비지심은 지智의 단에 해당된다. 맹자의 '인의예지'는 사는 법과 죽는 법을 배운 사람의 도이며, 이러한 도를 실천하는 사람은 자기 자신의 목숨을 초개草芥와도 같이 여길 줄도 아는 것이다. 요컨대 아름답고 행복한 삶은 아름답고 행복한 죽음으로 이어지기도 하는 것이다.

'희수喜壽'라는 말은 오랜 세월을 살며 장수하니 기쁘다라는 뜻이지만, 그러나 오늘날은 그 희소가치가 없어져서 더없이 빛을 바랜 말이기도 하다. 불과 3~40년 전만하더라도 인간의 평균 수명은 60세에 불과했고, 따라서오래 산다는 것은 하늘의 축복처럼 생각되었던 것이다.요컨대 오래 산다는 것은 인간의 자기 한계의 극복이며,새로운 미래형의 인간의 출현을 뜻하기도 했던 것이다.희喜는 기쁠 희이고, 수壽는 목숨 수이다. 희수는 77세를가리키며, 77세는 모든 사람들의 존경과 경의의 대상이기도 했던 것이다.

하지만, 그러나 이제는 '너도 나도 다같이 오래 살게되었고', '9988234'라는 시중의 유행어가 이심전심以心傳心으로 떠돌아 다니게 되었다. 아흔아홉 살까지 팔팔하게 살다가 이삼사 일만에 죽고 싶다는 꿈 앞에서, 이제77세는 그렇게 대단한 사건이 될 수가 없지만, 그러나'저출산—고령화 사회'를 맞이하여, '수오지심'을 아는사람은 그것을 매우 부끄럽게 생각하게 되는 것이다.늙음은 젊음과도 다르고, 늙음은 건강을 상실한 것은물론, 먹이활동도 제대로 하지 못하는 것을 말한다. 하지만, 그러나 젊음이 늙음 앞에 기를 펴지 못하며, 늙음이 젊음을 갉아먹게 된다. 생식활동이 끝나면 다 살았다는 것이 되고, 60세 이후는 잉여인생에 지나지 않게 된다. "새 달력을 걸고 보니/ 희수 따라왔구나"는 부끄러움을 아는 마음이며, 너무나도 많이 살아왔다는 조용한 탄성이라고 할 수가 있다. "새 달력을 걸고 보니/ 희수 따라왔구나"라는 시구는 정월초의 시간을 지시하고, "가을이 깊었는데/ 이 애벌레는 아직도 나비가/ 못되었으니……"라는 시구는 시적 화자의 육체적인 나이의 시간(계절)을 지시한다.

때는 새해이고 정월초이지만, 그는 점점 더 가을 깊숙히 들어가며, 우화등선羽化登仙의 날만을 기다리고 있는 것이다. 김영수 시인은 희수를 맞이하여 결코 기뻐하지 않으며, 조용한 신음처럼 탄성을 뱉어내게 된다. 세월은 너무나도 빠르고, 인생은 무상하다. "희수라니!"―, 돌이켜 보면 한순간을 잠깐동안 산 것 같은데, 어느덧 이 세상을 떠날 때가 지난 것이다.

「희수」는 더없이 맑고 깨끗한 시이다. 사는 법과 죽는 법을 배운 시인의 시이며, 오점 없는 명예를 아는 시인의 시라고 할 수가 있다. 희수의 기쁨보다는 한없는 부끄러움이 나비의 날개를 달고, 희수의 시공간을 조용하지만 더없이 아름다운 날갯짓으로 가득 채우게 된다. "희수라니!"—, 희수의 기쁨을 빠-알간 단풍잎처럼 물들여 놓고, 그 텅 빈 여백을 하얀 나비처럼 훨훨훨 날아가고 있는 것이다. 이처럼 간결한 언어와 수천 년의 시공간을 찍어 누를 듯한 '여백의 미학'을 생각해볼 때, 김영수 시인의 한평생도 더없이 아름답고 행복했다고 하지 않을 수가 없다.

정해영

꽃은 새를 꿈꾼다

아카시아 꽃향기
너는 먼 새
산 아래
꽃대가 흔들릴 때

수천 마리가
보이지 않는 날개를 쳐서
이곳까지 온다

자정이 넘은 책상머리를
작게 혹은 크게
원을 그리며
깃털을 날린다

오 너는

들리지 않는 울음 울며
멀리서 날아온 새

보이지 않는 것이
보일 때까지
그리는 것이다

그리워하는 것이다
— 『애지』, 2015년 가을호에서

하이데거는 신이 존재하지 않는 시대에서의 '시인의 사명'이란 신들의 자취를 쫓아서 그 '거룩함'을 찾아나서는 것이라고 말한 바가 있다. 불완전한 것은 아무래도 불완전한 것이니까 완전함을 찾아나서게 되고, 이 완전함을 통해서 머나먼 저곳과 거룩한 세계를 불러들이게 된다. 불완전한 존재가 완전한 존재를 노래하고, 더럽고 추한 곳에서 살고 있는 인간이 거룩한 세계를 노래하게 될 때, 바로 그것이 시가 되고 만인들의 심금을 사로잡게 된다.

정해영 시인의 「꽃은 새를 꿈꾼다」는 상상력의 승리이며, 언어의 사제로서의 자유 자재로운 말놀이를 통해서 존재론적 전환을 이룩해내게 된다. 아카시아꽃을 수천 마리의 새떼들로 변모시킨 것이 바로 그것이다. 꽃은 아카시아꽃이고, 그 향기가 자정이 넘은 책상머리를 적시고 있지만, 그는 "아카시아 꽃향기/ 너는 먼 새/ 산 아래/

꽃대가 흔들릴 때// 수천 마리가/ 보이지 않는 날개를 쳐서/ 이곳까지 온다"라고 노래를 하게 된다.

새는 자유의 상징이며, 그 어떠한 중력에도 구속되지를 않는다. 동서남북의 장애도 없고, 산과 강과 바다와 국경 등의 경계도 모른다. 이 중력의 힘을 극복하고 그 어떠한 경계(한계)도 모르는 새는 모든 동, 식물들의 부러움의 대상인 동시에, 최고의 상찬의 대상이 된다. 이 새가 된 인간이 하늘에서 살고 있는 신이며, 이 신이라는 존재는 그야말로 전지전능함의 화신이 된다.

오월의 아카시아 꽃향기를 한 밤중에 냄새 맡으며, 그 하얀꽃들을 통해서 "자정이 넘은 책상머리를/ 작게 혹은 크게/ 원을 그리며/ 깃털을 날린다"라는 시구나, "오 너는/ 들리지 않는 울음 울며/ 멀리서 날아온 새// 보이지 않는 것이/ 보일 때까지/ 그리는 것이다// 그리워하는 것이다"라는 시구에서처럼 그 거룩함의 존재를 찾아나서는 것이다. "들리지 않는 울음 울며/ 멀리서 날아온 새"는 거룩함의 존재를 찾아나서는 시인의 분신이며, "보이지 않는 것이/ 보일 때까지/ 그리는 것"은 상징적인 존재(신)를 구체화시키는 것이다. 모든 것을 다 갖추고 있고 어느 것 하나 부족하지 않은 신, 그 무슨 일을 해도 되고 하지 않아도 되는 신, 언제, 어느 때나 선악을 넘어 서서 찬양의 대상이 되고 행복의 절정을 향유하고 있는 신—. 이 신을 위해서 수많은 종교와 사원들이 생겨나며, 우리 인간들은 스스로 자발적으로 끊임없이 제물을 바치고 예배를 드리지 않으면 안 된다. 꽃이 존재의 결정체라면 수많은 사원들은 인간의 욕망의 결정체라고 할 수가 있다. 꽃은 씨앗을 맺으며 그 소명을 다하고, 수많은 사원들은 신들을 탄생시키며 그 소명을 다한다. 신은 전지전 능한 미래의 인간이며, 모든 미학의 존재의 근거가 된다.

꽃은 새가 되고, 새는 그토록 간절하게 울음을 울면서 신의 존재를 부른다.

시인은 꽃이 되고, 꽃은 새(신)를 꿈꾼다.

부디 더 높이, 더 멀리, 영원히 아름다운 행복의 나라로 그 꽃들(새들)이 날아갈 수 있기를 바랄 뿐이다.

길상호 김　안

곽효환 엄정옥

송수권 송찬호

성미정 엄재국

이하석

윌리엄 블레이크

박정옥 류　현

강서환

길상호
데스밸리

눈을 속이듯 비가 지나가면

목말랐던 짐승이며 사람이며

황야를 떠돌다 죽어간 바람까지

다시 깨어나는 시간이란다

사막이 갈라진 입술로

영혼들을 하나씩 불러내는 것,

그들은 먼저 퍼니스크리크에 모여

관절마다 낀 소금부터 씻어낸 뒤

제 발자국을 찾아 흩어진단다

사막양이 모래에 박힌 뿔을 캐내

이마에 대보는 동안

돌멩이를 끌고 고단하게 걷는

바람을 만나게 될 때도 있단다

돌의 밑바닥에서 글자처럼 무늬처럼

뒤늦은 유언이 새겨지는데

누구도 그 뜻은 밝힐 수 없었단다

그저 신기루보다 조금 선명한

죽음을 만났다는 말만 전해질 뿐,

모래의 물기가 마르고 나면

사막에 나타났던 영혼들도 다시

저를 지우며 사라진단다

— 『애지』, 2014년 겨울호에서

데스밸리는 미국의 캘리포니아주와 네바다주에 걸쳐 있는 죽음의 골짜기이며, 길이는 약 220km이고, 너비는 약 6~25km라고 한다. 데스밸리는 여름의 기온이 58.3℃까지 올라간 적도 있었고, 여행자와 동물들이 가끔씩 쓰러지는 일도 있었기 때문에, 그 무시무시한 죽음의 골짜기라는 이름이 붙여졌다고 한다.

　길상호 시인의 「데스밸리」는 우리 인간들의 삶의 의지와 그 욕망마저도 제거하는 '無에의 의지'로 되어 있으며, 산다는 것과 죽는다는 것의 경계가 무너진 그 지점에 존재하고 있다고 할 수가 있다. "눈을 속이듯 비가 지나가면/ 목말랐던 짐승이며 사람이며/ 황야를 떠돌다 죽어간 바람까지/ 다시 깨어나는" 곳, "사막이 갈라진 입술로/ 영혼들을 하나씩 불러"내면, "그들은 먼저 퍼니스크리크에 모여/ 관절마다 낀 소금부터 씻어낸 뒤/ 제 발자국을 찾아 흩어"지는 곳, "사막양이 모래에 박힌 뿔을 캐

내/ 이마에 대보는 동안/ 돌멩이를 끌고 고단하게 걷는/ 바람을 만나게 될 때도" 있는 곳, "돌의 밑바닥에서 글자처럼 무늬처럼/ 뒤늦은 유언이 새겨지는데/ 누구도 그 뜻은 밝힐 수" 없는 곳, "그저 신기루보다 조금 선명한/ 죽음을 만났다는 말만 전해질 뿐/ 모래의 물기가 마르고 나면/ 사막에 나타났던 영혼들도 다시/ 저를 지우며 사라"지는 곳─. 이 데스밸리는 연 평균 강우량이 60mm 내외에 지나지 않으며, 북아메리카에서 가장 덥고 건조한 지역이라고 하지 않을 수가 없다.

하지만, 그러나 이 죽음의 골짜기에도 선인장은 물론, 여러 식물들과 여우, 사막큰뿔양, 까마귀, 뿔도마뱀, 쥐와 다람쥐 등의 동물들이 살고 있으며, 한 겨울에도 영상 5도에서 영상 18도의 따뜻한 기온을 유지하고 있기 때문에, 피한지로서의 최적의 관광명소라고도 한다.

산다는 것은 황야를 떠돌다가 죽어간 바람과도 같고, 산다는 것은 펄펄 끓는 듯한 시냇물, 즉 퍼니스크리크에 모여 발을 씻고 뿔뿔이 흩어지는 영혼들과도 같다. 산다는 것은 돌의 밑바닥에 새겨진 그 뜻을 알 수 없는 유언과도 같고, 산다는 것은 신기루보다 조금 더 선명한 죽음과도 같다. 산다는 것은 모래의 물기가 마르고 나면 다시 저를 지우며 쓸쓸히 사라지는 영혼들과도 같고, 산다는 것은 요컨대, 궁극적으로 눈속임처럼 내리는 비와도 같다.

태어남도 무이고, 식욕도 무이다. 성욕도 무이고, 사랑도 무이다. 돈도 무이고, 명예도 무이다. 권력도 무이고, 죽음도 무이다.

무에의 의지가 수많은 인간들과 수많은 동식물들처럼, 아니, 수많은 환영이나 눈속임처럼 자라나고, 또 자라난다.

아니, 무에의 의지가 때로는 사나운 모래폭풍이 되기도 하고, 또, 때로는 죽음의 골짜기의 펄펄펄 끓는 시냇물이 되기도 한다.

도대체 이 죽음의 골짜기에서는 산다는 것이 무슨 의미가 있으며, 죽는다는 것은 또한 무슨 의미가 있다는 말인가?

길상호 시인의 「데스밸리」의 서정성은 그 모든 의지를 지우는 서정성이며, 살아 있다는 것 자체가 무거운 짐이 되는 그런 슬픈 서정성이라고 하지 않을 수가 없다.

김안
불가촉천민

목 없는 울음이 저 혼자 우리들 사이를 빠져나갑니다
잠든 사이
　우리의, 어깨에
　누군가가 깃발을 꽂고 갔습니다
　그렇게 우리는 쓸모 없어졌습니다 고민하는 사이
　또다른 누군가가 우리의 어깨를 찢고 갔습니다
　그렇게 우리는 지워졌습니다 울음도 없이 베어질 목
도 없이
　우리의 국적을 기억하기 위해 애씁니다
　그것이 어디에 있는지 몰라도
　우리는 때때로 유쾌해집니다
　우리를 보고 웃어줄 수 있습니까?
　서로를 보고 왜 웃고 있습니까?
　그리고, 웃는 사이
　우리는 더 이상 서로를 알지 못하게 됩니다

알지 못한 채 서로를 미워합니다

그렇게

망각된 마음의 국가를 상상합니다

우리는

소변기 바닥에 떨어진 음모들처럼

지금 여기로 와야 할 사람들의 목록처럼

— 『문학동네』, 2015년 봄호에서

어느 덧 제2차 세계대전 패전국인 독일과 일본의 눈부신 도약이 그저 놀랍기만 하다. 독일은 나치 대학살을 자행한 전범국가로서 유태인을 비롯하여, 미국, 영국, 프랑스, 러시아, 폴란드 등의 반대를 무릅쓰고 '독일 통일'이라는 대위업을 달성했으며, 그 결과, 오늘날 유럽연합을 지배하는 세계적인 강대국이 되었다. 독일인은 해마다 전국민이 참여하는 '철학축제'를 열고 있고, 이 최고급의 인식의 제전을 통하여 '세계정복운동'을 가장 힘차고 용기 있게 펼쳐나가고 있는 중이라고 할 수가 있다. 아는 것은 정복하는 것이고, 정복하는 것은 지배하는 것이다.

일본은 청일전쟁과 러일전쟁을 통하여 대만과 한국과 만주까지 식민지배를 하고, '남경대학살'이라는 천인공노할 만행을 연출해낸 전범국가였지만, 이제는 어느덧 그토록 어렵고 불가능하게만 보였던 '평화헌법'을 개정하고, 그 어떤 국가와도 전쟁을 할 수 있는 대제국으로 발돋음하게 되었다. 태평양 전쟁의 패전 이후, '비무장―전쟁 포기'라는 평화헌법이 금과옥조처럼 되어 있었지만, 그러나 이제는 도저히 불가능하게만 보였던 그 억압의 굴레를 벗어던지고, 언제, 어느 때나 전쟁을 수행할 수 있는 대제국으로서의 지위를 되찾게 되었던 것이다. 일본은 지난 70년 동안 '비무장-전쟁 포기'라는 치욕을 참고 견디며, 그 어느 국가보다도 근검절약하며, 해마다 노벨상 수상이라는 기적을 연출해냈던 것이다. 아는 것은 정복하는 것이고, 정복하는 것은 지배하는 것이다. 이제 일본의 제국주의적 야망은 더욱더 노골적이고도 분명해졌는데, 왜냐하면 대한민국에서의 미군을 철수시키고 일본군을 주둔시킨다는 것을 최우선적인 목표로 설정하고 있기 때문이다. 이른바 동북아의 패권 싸움에서 미국과 중국을 상대로 최종적인 승리를 하겠다는 것이 일본의 제국주의적인 야심이라고 해도 지나친 말이 아니다.

황교안 국무총리의 국회에서의 답변은 우리 한국인들에게는 청천벽력과도 같은 말이었고, 다시 우리 대한민국은 일본의 식민지로 재편입된다는 것을 뜻했다. 유사시에 '한국내 일본인들을 보호한다'는 명목으로 일본군

이 들어오면 다시 한국은 일본의 식민지가 될 수밖에 없는 것이다. 일본은 미국에게 1,000억 달러(한화 110조원)쯤을 지불한 후 미군을 철수시키고, 모든 외교 군사작전권을 일본이 갖게 되는지도 모른다. 이러한 미래의 앞날을 내다보고 일본이 그토록 집요하고 끈질기게 평화헌법을 개정하고 미국을 설득시키고, 이제는 비록 '유사시'라는 단서를 달았지만, 대한민국으로 일본군의 진출의 길을 활짝 열어놓게 되었던 것이다. 불가능은 없다. 불가능을 가능하게 만드는 것이 학문의 힘이며, 문화선진국의 힘인 것이다. 아마도, 만일 그렇게 된다면, 우리 한국인들은 또다시 일본인들에게 개, 돼지처럼 두들겨 맞고, 오늘날의 아프카니스탄인이나 이라크인, 또는 시리아인이나 팔레스타인들처럼 살아가게 되는지도 모른다.

표절이 출세의 보증수표가 되고, 뇌물이 국가성장의 윤활유가 되는 사회는 썩은 사회이며, 그 어떠한 기적도 일어날 수가 없는 사회에 지나지 않는다. 독일이 그토록 불가능하게만 보였던 통일을 이룩하고 유럽의 맹주로 부상하는 동안 우리 대한민국은 도대체 무엇을 해왔던 것이며, 일본이 그토록 불가능하게만 보였던 평화헌법을 개정하고 대한민국으로 일본군을 진출시킬 수 있는 길을 열어놓는 동안, 우리 대한민국은 도대체 무엇을 해왔단 말인가? 남북통일은 커녕 남과 북은 더욱더 극한대결 양상을 보이고 있으며, 보수와 진보라는 그토록 낡고 케케묵은 이념대립과 지역갈등이 상존하며, 마치 부정부패가 대한민국의 국시國是처럼 되어 있었던 것이다. 지난 수천 년 동안 우리 한국인들의 운명은 외국인의 손에 달려 있었던 것이며, 이제는 우리 한국인들의 의사와는 상관없이 우리 한국인들의 운명이 미국인에서 일본인(혹은 중국인)의 손으로 넘어갈 운명에 처해 있는 것이다.

이 세계는 누가 지배하는가? 가장 많이 아는 자, 즉, 사상가이다.

이 세계는 어느 국가가 지배하는가? 가장 훌륭한 사상가를 많이 배출하는 나라이다.

아는 자는 정복자(지배자)가 되고, 모르는 자는 정복당한 자(지배를 받는 자)가 된다. 지배하는 자는 천군만마를 거느리는 황제가 되고, 지배를 받는 자는 개와 돼지와도 같은 최하천민(불가촉천민)의 삶을 살게 된다. 유사시 일본군 한국진출—, 이처럼 엄청나고 중대한 사건 앞에서, 입만 열면 애국을 떠들던 이 땅의 보수진영의 애국자들은 왜, 그처럼 모조리 침묵하고 있는 것일까? 북한이라는 불구대천의 원수를 위해서라면, 미군은 물론, 일본군 주둔도 마다할 이유가 없었던 것이고, 또다시 적극적으로 친일파가 될 수도 있다는 말이었던 것일까? 사대주의事大主義는 자기 민족의 운명을 강도집단(강대국)에게 맡겨버리는 암적인 종양일 뿐이다.

학자의 경쟁력은 국가의 경쟁력이고, 국가의 경쟁력은 학자의 경쟁력이다. 학원지옥과 입시지옥을 연출해놓은 것은 물론, 표절이 출세의 보증수표가 되고 뇌물이 국가성장의 원동력이 되도록 연출해놓은 우리 학자들의 죄는 영원히 씻을 수 없는 죄가 된다. 더욱더 딱한 것은 우리가 우리의 힘으로 그 어떠한 교육개혁도 해낼 수 없을 만큼 '불가촉천민'의 길을 걸어가고 있다는 것이다.

단군 이래 최대의 사기꾼 조희팔. 그 피해숫자만도 4만여 명. 그런데도 여야 정당은 하루바삐 그를 체포하자고 성명 하나 내놓지 않는다. 세월호 때와 똑같은 공범자의 침묵. 무섭다. 소름 끼친다.

대한민국 네가 국가냐?

대한민국 네가 국가냐?

대한민국 네가 국가냐?

곽효환

너는 내게 너무 깊이 들어왔다

어깨에 기대어 재잘대던,
가슴속으로 끝없이 파고들 것만 같던
너를 보내고
홀로 텅빈 옛 절터에 왔다
날이 흐리고 바람 불어
더 춥고 더 황량하다
경기도의 끝, 강원도의 어귀,
충청도의 언저리를 적시고 흐르는
남한강 줄기 따라 드문드문 자리 잡은
사지의 옛 기억은 창망하다

숨쉴 때마다 네 숨결이,
걸을 때마다 네 그림자가 드리운다
너를 보내고
폐사지 이끼 낀 돌계단에 주저앉아

더 이상 아무것도 아닌 내가
운다
아무것도 할 수 없는 내가
소리내어 운다
떨쳐낼 수 없는 무엇을
애써 삼키며 흐느낀다
아무래도 너는 내게 너무 깊이 들어왔다

늙은 느티나무 한 그루 홀로 지키는 빈 절터
당간지주에 바람도 머물지 못하고 떠돈다
― 곽효환 시집, 『슬픔의 뼈대』에서

국제사회에서 사상과 이론을 정립하지 못한 학자는 그 명함조차도 내밀지 못하게 되어 있다. 사상과 이론은 우리 학자들의 존재의 정당성이며, 출세의 보증수표이다. 『소설의 이론』의 루카치, 『미학이론』의 아도르노, 『소설사회학』의 골드만, 『몽상의 시학』의 바슐라르, 『시학』의 아리스토텔레스, 『국가』의 플라톤, 『정신현상학』의 헤겔, 『순수이성비판』의 칸트, 『성찰』의 데카르트, 『의지와 표상으로서의 세계』의 쇼펜하우어, 『자본론』의 마르크스, 『우상의 황혼』의 니체 등이 바로 그것을 말해준다. 어느 국가가 '문화선진국이냐, 아니냐'는 '이 세계적인 사상가들을 배출해냈느냐, 아니냐'에 달려 있는 것이며, 따라서 모든 문화선진국은 이 사상가들을 배출해내기 위해서 최선의 교육제도를 연출해내고 있는 것이다.

　　대한민국국회는 국회의원들을 위해서 존재하지, 국민

들을 위해서 존재하지는 않는다. 대한민국의 모든 학교는 우리 학자들을 위해서 존재하지, 학생들을 위해서 존재하지는 않는다. 우리 국회위원들이 그토록 어렵고 힘든 선거를 위해서 두 눈에 살기殺氣를 띠고 달려드는 것은 뇌물을 먹기 위해서이지, 국민을 위해서 봉사를 하기 위한 것이 아니다. 우리 국회의원들은 그들의 세비를 5천만원, 그들의 비서를 두 명 정도—문화선진국의 애국봉사 수준—로 줄일 생각은 전혀 없으며, 더군다나 뇌물을 받지 않고 부정부패를 발본색원할 의사도 전혀 없다. 새누리당이나 새정치연합의 너무나도 명확하고 굳건한 동지의식은 '국가의 이익보다는 개인의 이익이 먼저이고, 우리는 범죄인 집단이라는 사명의식'일 것이다. 얼마전 뇌물수수의 국회의원들이 줄줄이 연행되었거나 구속되었을 때, 여야의 대표들은 대국민 사과는커녕, 마치 독립운동단체의 애국동지가 일본의 경찰에 체포되었던 것과도 같은 침통한 표정이었던 것이다. 대한민국의 우리 학자들은 입시지옥과 학원지옥을 통해서 모든 공교육을 무력화시키기 위해 존재하지, 우리 한국인들의 백만 두뇌를 양성하기 위해 존재하지 않는다. 하버드대학교, 예일대학교, 프린스턴대학교 등, 문화선진국으로 유학을 갔다온 학자들이 양어장의 미꾸라지처럼 득시글거리고 있지만, 그들은 문화선진국의 독서중심의 교육제도는 전혀 역설하지도 않는다. 문화선진국에서는 박사와 대학교수와의 차이는 하늘과 땅 차이보다도 더 크고, 이 기준으로 따지자면 우리 학자들은 거의 100% 문화선진국의 교수가 될 수 없다. 독서하고 사색하지 않으면 좋은 논문을 쓸 수가 없고, 좋은 논문을 쓰지 못하면 진정한 학자—문화선진국의 대학교수, 사상과 이론을 정립한 대학교수—가 될 수 없다. 독서중심의 글쓰기 교육을 채택하면 사교육비가 하나도 안 들고, '저출산-고령화'의 문제도 해결되고, 우리의 아이들은 세계적인 석학으로 자라나며, 오늘날의 일본처럼, 해마다 노벨상 수상의 축하쇼로 그 대미를 장식하게 될 것이다. 대한민국의 모든 학자들은 우리의 아이들을 학원지옥과 입시지옥으로 몰아넣는 범죄인 집단에 불과하며, 그 결과, 남북통일은 더욱더 요원해지고, 이민족의 지배를 받는 노예의 운명을 벗어날 수가 없는 것이다. 표절과 부정부패는 우리 학자들의 최대의 학문적 성과이며, 대한민국의 모든 천재들은 그 새싹조차도 내밀지 못하게 되어 있는 것이다.

나의 최대의 장점은 대한민국 교육제도의 혜택을 전

혀 받지 못했다는 점이고, 그 결과, 우리 학자들의 반대 방향에서, 대한민국 최초로 낙천주의 사상을 정립했다는 사실일 것이다. 나는 우리 한국인들의 백만 두뇌를 양성하고, 이 백만 두뇌를 통하여 우리 한국인들을 '사상가와 예술가의 민족', 즉, '고급문화인'으로 인도하고자 결심한 바가 있었다.

우리 인간들의 삶은 회의하거나 부정하기 이전에 향유되어야만 한다. 이 대전제 앞에서 나는 낙천주의 사상을 정립하기로 마음을 먹었고, 그 목표를 추구할 수 있는 『행복의 깊이』1, 2, 3, 4권을 쓸 수가 있었다. 행복이란 무엇인가에 초점을 맞춘 「행복의 깊이」, 삶이란 무엇인가에 초점을 맞춘 「상승주의의 미학」, 죽음이란 무엇인가에 초점을 맞춘 「하강의 깊이」, 모험이란 무엇인가에 초점을 맞춘 「넓어지는 지평선」, 싸움이란 무엇인가에 초점을 맞춘 「포효하는 삶」, 새로운 사상가의 탄생에 초점을 맞춘 「신생의 넋」 등이 바로 그것이다(지면관계상 『행복의 깊이』제1권만 예로 든 것이다. 『행복의 깊이』1, 2, 3, 4권은 각권마다 5~6개의 장으로 되어 있으며, 각각의 장은 2~3백매 내외로 되어 있다). 산다는 것은 죄를 짓는 것이며—모험을 한다는 것이며—죄를 짓지 않는다는 것은 이 세상의 삶을 포기하는 것과도 같다. 그 결과, '나는 신성모독을 범한다, 고로 존재한다', '세계는 나의 범죄의 표상이다, 고로 행복하다'라는 낙천주의자의 명제를 양식화시키면서, 다음과도 같은 제일급의 명구를 연출해내게 되었던 것이다.

이 세상의 모든 지식인들에게 사상이란 최고의 목적이며, 그 모든 것이다. 세상의 모든 것이 변하고 이 세계의 종말이 온다고 하더라도 자기 자신과 자기 자신의 사상만은 영원하기를 바라는 것은 모든 지식인들의 한결같은 꿈이다. 사상은 그 어떤 것보다도 고귀한 명예이며, 삶의 완성이며, 보다 완전한 인간의 표지이다. 우리는 그 사상가의 신전 앞에서 언제, 어느 때나 시를 짓고, 노래를 부르며, 찬양과 찬송을 하게 된다. 또한 우리는 그 신전 앞에서, 우리 인간들의 존엄성을 바치고, 가장 좋은 예물을 바치고, 하늘을 우러러보며, 항상 자기 자신을 갈고 닦으면서, 그 사상의 위업을 이어나갈 것을 맹세를 하게 된다.

『행복의 깊이』라는 책의 주제—낙천주의자의 행복론—를 정하고, 각각의 장에 관련된 책들을 읽고, 나의 생각을 메모하는 데에만 적어도 2~3년이라는 시간—각 권마다—을 쏟아부을 수밖에 없었던 것이다. 어느 누구의 사유를 전범으로 받아들이고, 어느 누구의 사유를 비판할 것인가? 그들의 사유와 나의 사유는 어느 지점에서 동일하고, 어느 지점에서 달라지며, 궁극적으로 나만의 독창적인 사유와 그 이론이란 무엇인가? 이 처절한 자기 훈련과 낙천주의 사상과 이론을 창출해내는 데 적어도 2~3년의 시간을 보냈으며, 드디어, 마침내 나는 최고급의 인식의 제전의 전사로서 전투태세를 완벽하게 갖출 수가 있었다. 나는 나에게 출격명령을 내렸으며, 나는 이미 전투를 시작하기 이전에 백전백승의 승리를 거둘 수가 있었던 것이다. 각장마다 2~3백 매 내외의 원고였고, 하루에 열두 시간씩, 열다섯 시간씩의 글쓰기였지만, 그것은 이미 나의 메모지를 정리하는 데 드는 수고에 지나지 않았던 것이다. 우리 학자들은 대부분이 단한번의 싸움도 해보지 못하고 패배를 하고 있었지만, 나는 이미 '싸우지 않고 이긴다'라는 최고급의 인식의 제전의 전사가 되어 있었던 것이다. 이것이 독서의 효과이며, 사유의 효과이다. 독서중심의 글쓰기 교육만이 한국인들의 백만두뇌를 양성하고, 세계적인 사상가와 예술가들을 배출해내는 지름길인 것이다.

사상과 이론을 정립하면 우리 한국인들이 문화선진국민이 되는 것은 기본이며, 남북통일을 이룩하고, 노벨상도 해마다 수상하게 될 것이다. 미국도, 중국도, 러시아도, 영국도, 프랑스도 경의를 표하고, 불구대천의 원수와도 같은 일본마저도 무릎을 꿇릴 수가 있는 것이다. 국가의 힘은 영토와 인구의 숫자에 있지도 않고, 천연자원과 군사적 무기의 힘에 있지도 않다. 천재(사상가)는 하늘이 선사한 문화적 영웅이며, 이 천재들에 의해서 새로운 세상이 열리고, 이 천재들이 이끄는 국가가 영원한 제국이 되는 것이다.

모든 사상가들은 인내의 천재이며, 이글이글 불타오르는 열정의 화신이라고 하지 않을 수가 없다. 열정의 불꽃은 한여름의 태양보다도 더 뜨겁고, 인내의 열매는 그 어떠한 꿀맛보다도 더 달고, 그 열매는 영원히 썩지 않으며, 언제, 어디서나 사시사철 즐길 수 있는 자양분을 지녔다. 사상은 인종적 편견도 없고, 국경도 없으며, 종교와 문화의 장벽도 없다.

하지만, 그러나 이 글을 쓰고 있는 나는 울고 있고, 나는 이미 아무 것도 할 수 가 없게 되어 있다. 왜냐하면 그토록 어리석고 우매한 조국과 민족에게 나의 모든 것을 다 걸었던 치명적인 실수 때문이었던 것이다. 우리 학자들은 동서고금의 모든 학문을 섭렵한 대가이기는커녕, 대한민국의 모든 아이들을 수장水葬시키고 있는 저승사자에 지나지 않는다. 학원지옥과 입시지옥을 통해서 그 모든 독창적인 사유를 거세시키고 있는 우리 학자들에게, 나는 영원한 이단자에 지나지 않는다. 노예민족, 노예국가—. 대한민국은 영원한 불량국가라는 오명을 뒤집어 쓴 문화선진국들의 먹잇감에 지나지 않는다.

나의 조국 대한민국—, "너를 보내고/ 폐사지 이끼 낀 돌계단에 주저앉아/ 더 이상 아무것도 아닌 내가/ 운다/ 아무것도 할 수 없는 내가/ 소리내어 운다/ 떨쳐낼 수 없는 무엇을/ 애써 삼키며 흐느낀다/ 아무래도 너는 내게 너무 깊이 들어왔다." 곽효환 시인의「너는 내게 너무 깊이 들어왔다」는 그『슬픔의 뼈대』의 핵심을 이루고, 그의 이루지 못한 사랑이 아이거 북벽의 절경처럼 피어난 시라고 할 수가 있다.

이처럼 진정한 사랑이 더 이상 싹틀 수 없는 대한민국은 추한민국이지, 사상가와 예술가의 민족이 아니다. 우리의 어린 아들 딸들이 아무런 대책도 없이 '학원지옥과 입시지옥'으로 수장水葬되어 가는 것을 지켜보는 나의 마음은 차마, 너무나도 부끄러워서 얼굴을 들 수가 없다.

반경환, 네가 낙천주의 사상가이냐? 네가 할 수 있는 것이 무엇이냐?

없다, 없어! 나는 나의 얼굴을 잃어버린 유령에 지나지 않는다.

학자의 세계에서도 대체로 멕시코 공화국같은 일이 일어난다. 멕시코에서는 각자가 자신의 이해 관계만을 생각하고, 자신을 위해 명예와 권력을 찾고 전체에 대해서는 조금도 돌보지 않는다. 이 때문에 전체는 파멸한다. 학자의 세계도 각자가 명예를 얻기 위해 자기만을 내세우려고 한다. 학자 선생들이 빠짐없이 찬성하는 유일한 점은 만약, 정말로 훌륭한 인물이 나타나면 그 사람이 성공하지 못하도록 공작하는 것이다. 그런 인물은 모두를 동시에 위험 상태에 빠뜨리기 때문이다.

— 쇼펜하우어

대학교수와 혼자서 걸어가는 학자 사이에는 옛날부터 일종의 적대 관계가 있다. 이 불화는 어쩌면 늑대와 개의 관계라고 설명할 수 있다. (……)

대체로 대학교수라는 반추동물에게는 가축우리에 넣어 사료를 주는 것이 가장 어울린다. 이와는 반대로 자연의 손에서 자기의 수확물을 얻는 사람은 들판에 내놓아 기르는 것이 훨씬 낫다.

— 쇼펜하우어

엄정옥
귀신들

내 심장에 놈이 산다
언제 들어왔는지 알 수는 없지만
가끔 기분이 안 좋은지
손톱으로 쥐어뜯을 때만 빼곤 조용한 편이다

내 왼쪽 귀에도 산다
이 놈은 시도 때도 없이 뭐라고 말을 거는 통에 시끄
러워 못 살겠다
잠 안 오는 밤에는 무슨 말을 하는지
골똘히 귀 기울여도 보지만 아직 한 마디 알아들은
적 없다

내 위장에 사는 놈은
오래전부터 나를 괴롭히는 지독한 놈이다
조금만 방심하여 과식하거나

평소에 먹지 않던 음식이라도 먹으면
몇 날 며칠 내 위를 뒤틀어 놓는다

내 마음에 사는 놈이 제일 질긴 놈이다
이 놈이 내 심장과 내 귀와 내 위장으로
우르르 이것들을 몰고 왔다
이 놈을 보내는 것이 내 생의 과제라는 듯
나는 매일 퇴마에 관한 글만 읽는다

눈 뜨면 읽고 자기 전에 읽고
읽다가 이 생은 다 갈 것 같고
목에도 또 한 놈이 들어오려는지
따끔따끔 목이 아파져 온다
— 『애지』, 2015년 가을호에서

엄정옥의 「귀신들」은 귀신에 대한 가장 탁월한 시이며, 귀신 들린 자로서 그 귀신들을 몰아내기 위한 비책 묘계祕策妙計를 탐구하는 시라고 할 수가 있다. 귀신들은 다양한 귀신들이며, 이 귀신들은 그의 심장과 왼쪽 귀와 위장과 마음 등에 사는 것으로 되어 있다. "내 심장에" 사는 "놈"은 "언제 들어왔는지 알 수는 없지만/ 가끔 기분이 안 좋은지/ 손톱으로 쥐어뜯을 때만 빼곤 조용한 편"이고, "내 왼쪽 귀에" 사는 "놈은" "시도 때도 없이 뭐라고 말을 거는 통에 시끄러워 못 살게" 하는 편이다. "내 위장에 사는 놈은/ 오래 전부터 나를 괴롭히는 지독한 놈"이고, "내 마음에 사는 놈"은 "제일 질긴 놈이다." 첫 번째 귀신은 심장을 괴롭히고, 두 번째 귀신은 이명증을 가져와서 잠을 자지 못하게 한다. 세 번째 귀신은 "조금만 방심하여 과식하거나/ 평소에 먹지 않던 음식이라도 먹으면/ 몇날 며칠 내 위를 뒤틀어 놓고" 네 번째 귀신은 "제일 질긴 놈"으로서 "내 심장과 내 귀와 내 위장으로" 그 귀신들을 몰고 다닌다. 요컨대 심장병과 이명증과 위장병과 마음의 병 중에서 최종 심급은 이 마음의 병이라고 하지 않을 수가 없는 것이다.

만일 그렇다면 귀신이란 무엇이란 말인가? 귀신이란 사람이 죽어서 된 그 어떤 상태를 말한다. 행복한 삶을 살다가 간 귀신은 좋은 귀신이 되고, 불행한 삶을 살다가 간 귀신은 나쁜 귀신이 된다. 성인군자, 천사, 스승, 진정한 예술가 등은 좋은 귀신이 되고, 폭군, 악마, 사기꾼, 술주정뱅이, 바람둥이 등은 나쁜 귀신이 된다. 좋은 귀신은 우리 인간들의 삶의 의지를 북돋아주고 그 어떤 고통과 재앙들도 다 극복해낼 수 있는 지혜를 가져다가 주지만, 나쁜 귀신은 우리 인간들의 미래의 희망과 용기를 짓밟아버리고, 궁극적으로는 여러 유형의 죽음들, 즉, 객사, 횡사, 급사, 아사, 참사, 자살 등에 빠뜨리고 만다.

하지만, 그러나 불행은 가깝고 행복은 너무나도 먼곳에 있다. 좀처럼 천사와도 같은 귀신들은 없고, 사악한 악마와도 같은 귀신들만이 있다. 따라서 이 귀신들을 막거나 몰아 내보내는 여러 방법들이 있는데, 첫 번째는 귀신이 두려워하고 싫어하는 사물들로 그 귀신들을 몰아

내보내는 것이다. 귀신들이 붉은 색을 싫어한다고 해서 황토를 뿌리고 팥죽을 쑤어먹는 것이 그것이다. 두 번째는 무속인을 통하여 귀신들을 위협하여 몰아내는 것이고, 세 번째는 원한 맺힌 귀신들을 초대하여, 그 귀신들이 명당으로 갈 수 있도록 '진혼굿의 향연'을 베풀어 주는 것이다. 이러한 민간신앙 이외에도 모든 종교들은 이 귀신들을 퇴치하기 위한 '퇴마록'에 지나지 않는다. 무당과 사제는 동일한 직업에 종사하는 원수형제에 지나지 않는다.

이 세상에는 귀신들이 있고, 너무나도 많은 귀신들이 득시글거리고 있다. 돈을 좋아하는 놈들도 있고, 명예를 좋아하는 놈들도 있다. 권력을 좋아하는 놈들도 있고, 섹스를 좋아하는 놈들도 있다. 술과 마약을 좋아하는 놈들도 있고, 사기를 치는 것과 도박을 좋아하는 놈들도 있다. 가학적 유희욕에 빠진 놈들도 있고, 우울증에 빠져서 그 모든 것을 물어뜯고 보는 놈들도 있다. 이 귀신들은 악마들이며, 궁극적으로는 자연을 파괴한 댓가로 '고령화라는 대재앙'을 연출해낸 인간 말종들이기도 한 것이다. 귀신은 그 실체가 없지만, 그러나 다양한 모습으로 살아 있다. 인간과 귀신의 차이는 그 어떤 것도 없다. 인간이 인간을 믿지 못하고 다른 인간을 귀신(악마)이라고 부른다. 귀신이 귀신을 믿지 못하고 다른 귀신을 귀신(악마)이라고 부른다. 좀 더 나쁘게 말한다면, 자기 자신을 더욱더 사악한 귀신으로 만들어 놓고, 자기 자신은 천사이고, 다른 인간은 사악한 귀신이라고 부르고 있는 것이다.

인간의 역사는 귀신들의 역사이며, 이 귀신들과의 싸움은 결코 끝나는 법이 없다. 엄정옥 시인이 '퇴마'에 관한 글만을 읽으면서도 그 귀신들을 퇴치할 수 없는 까닭이 바로 여기에 있는 것이다.

이 놈이 내 심장과 내 귀와 내 위장으로
우르르 이것들을 몰고 왔다
이 놈을 보내는 것이 내 생의 과제라는 듯
나는 매일 퇴마에 관한 글만 읽는다

눈 뜨면 읽고 자기 전에 읽고
읽다가 이 생은 다 갈 것 같고
목에도 또 한 놈이 들어오려는지
따끔따끔 목이 아파져 온다

사실 따지고 보면 귀신은 그 실체가 없고, 우리 인간들의 피해망상과 삶과 죽음에 대한 두려움이 그 귀신들을 연출해낸 것이다. 자기 자신이 귀신이라는 사실을 알지도 못한 채, 다른 모든 사람들이 귀신이라는 생각이 그 귀신들의 실체가 되고, 이 귀신들이 수많은 고통과 재앙들을 가져다가 준다고 믿게 되었던 것이다. 귀신은 일종의 책임전가의 대상일 수도 있고, 그 피해망상으로부터 빠져나가기 위한 비책묘계의 대상일 수도 있다. 사실, 따지고 보면 모든 성상聖像들은 귀신들이고, 우리 인간들의 가면에 지나지 않는다. 이 세상은 가면놀이(귀신놀이)를 하는 곳이고, 모든 학교와 모든 사원들은 수많은 귀신들의 양성소에 지나지 않는다.

근검절약이 미덕이 되지를 못하고 탐욕이 미덕이 되는 사회는 그 어떤 구원의 손길도 미치지 못하는 최종적인 사회이며, 그 귀신들과의 싸움은 이미 패배가 예정되어 있는 것이다.

모든 경전, 모든 진리는 허위이며, 그 목적들과는 다르게, 다만 악마들의 사악한 그것에 지나지 않는다.

온갖 탐욕과 사나운 심술보를 가진,

아아, 인간이라는 악마여, 너 자신을 알라!
너는 영원히 구원받지 못할 악마에 지나지 않는다

송수권
우리들의 땅

나는 다근바리처럼 하예 마을*에 숨어들어
옛날 옛적 변당장이가 사 놓았다는
땅을 보러 갔다
그러나 그 땅은 누군가의 손에 팔리고
흔적조차 없었다

서울서 왔다는 반백의 사내들도
내 등 뒤에 붙어서서
이 마을에 살 땅이 없느냐고 묻는다
서울 양반은 바나나 농장을 하나 갖고 싶단다
그런 땅은 다 팔리고 없다고
마을의 한 청년은 휘이휘이
손을 내어젓는다

나는 다시 변당장이가 사 놓은 땅을

찾아 설명했다
동으로는 족다리 서로 족다리
북은 맨드롱 동산
아래로는 허구대양……
그때서야 청년은 얼굴이 붉어진 채
앞바다를 가리킨다

때마침 바다에서는
봄비 내리고
비바리 숨비소리
한창이었다

서귀포여
너의 정신을 팔고
이 끈끈한 바람과 햇빛 말고
이제는 무엇을 팔 것인가.
— 송수권 시집, 『흑룡만리』에서

* 하예마을 : 옛날 옛적 중문리에 사는 변당장이란 사내는 이곳 하예마을
  에 와 친구에게서 땅을 샀다. 친구는 땅문서에 "동으로는 족다리, 북으

로는 맨드롱 동산 남으로는 허구대양……"이라고 땅의 경계를 표시했다. 이듬해 봄, 변당장이는 소를 몰고 쟁기를 짊어지고 땅을 갈러 왔다. 그러나 땅은 없었고 친구 부인이 방에서 기다리고 있다가 변당장이가 오자 홀랑 벗고 누워 "동으로는 족다리, 북으로는 맨드롱 동산 남으로는 허구대양……"하고 노래를 불렀다. 변당장이는 자기의 무식했음을 뉘우치고 아들 하나는 잘 가르쳐 만경 군수를 지냈다 한다.

대한민국에서 가장 크고 아름다운 섬인 제주도가 부동산 투기로 몸살을 앓고 있다고 한다. 가장 아름답고 전망이 좋은 곳을 골라서 이 땅의 재벌들이 선점을 했고, 이제는 그 뒤를 이어서 중국인들이 벌떼들처럼 몰려오고 있다. 당나라의 수탈, 몽고의 수탈, 명나라의 수탈, 청나라의 수탈, 일본의 수탈, 그리고 8 · 15 해방과 함께 4 · 3사건으로 인하여 28만 중, 3~4만여 명이 죽어나갔다는 제주도─. 제주도민의 한과 그 수난의 역사는 송수권의 「우리들의 땅」에도 나타난다.

　　이기주의의 화신인 투기꾼, 기회주의와 변절의 화신인 투기꾼, 온갖 거짓과 강도와 강간을 일삼는 투기꾼─ 그러나 이 투기꾼들이 옛날 옛적의 '변당장이'처럼 졸딱 망했으면 좋겠다.

　　그러나, 그러나 "동으로는 족다리 서로 족다리/ 북은 맨드롱 동산/ 아래로는 허구대양"이라는 시구처럼, 마누라의 아랫도리나 팔아먹는 우리 한국인들이여, 그대들은 언제, 어느 때나 그 노예적인 삶에서 해방될 것이란 말인가?

제2차 세계대전, 즉, 태평양 전쟁 패전 직후, 조선총독이었던 '아베 노부유키'는 이러한 저주의 말을 남겼다고 한다.

> 우리 일본은 총과 대포보다 더 무서운 식민교육을 심어 놓았다. 앞으로 조선인은 서로 이간질하며 노예적 삶을 살 것이다.

자기 땅, 자기 영토를 지키지 못하고, 세계적인 강도집단에 불과한 미국에게 대한민국의 영토와 우리 한국인들의 영혼을 더욱더 유린해달라고 사정하는 이 땅의 극우진영의 추태는 가히 세계적인 꼴불견에 지나지 않는다. 식민교육을 받고 철학을 공부하지 않은 댓가는 애국심이 곧 대역죄가 되고, 그 민족은 남과 북, 동과 서, 좌익과 우익, 기독교와 불교와 천주교 등으로 천 갈래, 만 갈래로 찢어지고 분열을 하게 된다.

철학은 정치, 역사, 문학, 사회, 경제, 과학 등 모든 학문을 아우르는 학문이며, 학문 중의 학문이다. 철학의 토대는 윤리학이며, 모든 학문은 이 윤리학의 토대에서만 이 자라난다. 철학자는 역사 철학적인 문맥을 제대로 알고, 그가 소속된 국가와 민족, 혹은 인류의 목표를 설정하고, 그것을 실천할 수 있는 정책(방법)들을 제시하게 된다. 철학자의 시야는 천리안이 되고, 어떤 사건이나 현상을 파악하는 능력은 인신人神의 경지에 가깝게 된다.

인신人神이라는 이름의 사상가, 가장 탁월하고 가장 뛰어난 통찰력의 소유자인 사상가는 인류 전체의 행복을 위해서 존재하지, 개인의 이익을 위해서 존재하지 않는다. 우리 한국인들은 자기 스스로를 좀 더 높이 높이 끌어올리고 있기는커녕, 그토록 소중하고 당당한 사상가의 길을 외면한 채, 자기 스스로 자발적으로 노예의 삶을 살아가게 된다.

자기 땅, 자기 영토를 더욱더 유린해달라고 미군에게 생떼를 쓰는 우리 한국인들의 추태는 인류의 역사상 가장 아름답고 찬란한 것인지도 모른다.

송찬호
장미

나는 천둥을 흙 속에 심어놓고
그게 무럭무럭 자라
담장의 장미처럼
붉게 타오르기를 바랐으나

천둥은 눈에 보이지 않는
소리로만 훌쩍 커
하늘로 돌아가버리고 말았다

그때부터 나는 헐거운 사모思慕의 거미줄을 쳐놓고
거미 애비가 되어
아침 이슬을 모으기 시작하였다
언젠가 다시 창문과 지붕을 흔들며
천둥으로 울면서 돌아온다면
가시를 신부 삼아

내 그대의 여윈 목에

맑은 이슬 꿰어 걸어주리라

— 송찬호 시집, 『분홍 나막신』에서

송찬호 시인의 다섯 번째 시집인 『분홍 나막신』은 그 사랑이 낡았다는 점에서는 1960년대의 흑백영화와도 같은 사랑이지만, 그러나 그 사랑은 낡을수록 더욱더 새로워진다는 점에서 고전적인 사랑이라고 할 수가 있다. 송찬호 시인의 시적 주제는 사랑이며, 이 사랑은 그러나 남녀간의 사랑만이 아닌, 모든 인간들을 다 감싸안는 전인류애적인 사랑이라고 할 수가 있다.

송찬호 시인의 「장미」는 상상력의 혁명의 소산이며, 그의 전인류애적인 사랑이 꽃 피어난 시라고 할 수가 있다. 송찬호 시인은 신들 중의 신인 제우스가 아니라 사랑의 신인 에로스가 되고 싶었던 것인지도 모른다. 따라서 그는 최고의 권력자, 또는 최고의 심판자로서의 제우스의 상징인 '천둥'을 "흙 속에 심어놓고/ 그게 무럭무럭 자라/ 담장의 장미처럼/ 붉게 타오르기를 바랐"던 것인지도 모른다. 왜냐하면 천둥은 불화의 상징이며 모든 사람들을 떠나가게 하지만, 사랑은 평화의 상징이며 모든 사람들을 불러모으기 때문이다. 검은 먹구름 속에서 온 천지가 폭발할 듯한 천둥, 날이 흐리고 큰비가 올듯한 서늘한 대기 속에서 느닷없이 하늘을 쪼개버릴 듯이 으르렁거리는 천둥—. 천둥은 하늘의 벼락이며, 이 세상을 심판하는 제우스 신의 노여움과도 같다.

장미는 꽃 중의 꽃이며, 사랑과 평화의 상징이다. 사랑은 모든 사람들을 불러모으고, 평화는 모든 사람들을 행복하게 만든다. 하지만, 그러나 천둥을 흙 속에 파종하여 장미로 가꾸고 싶다는 소망은 "천둥은 눈에 보이지 않는/ 소리로만 훌쩍 커/ 하늘로 돌아가버리고 말았다"라는 시구에서처럼, 너무나도 무기력하고 너무나도 처절하게 실패를 하고 말았던 것이다. 제우스는 신들 중의 신이며 최고의 권력자이지, 인간이 아니다. 천둥은 다이나마이트같은 제우스의 노기띤 목소리이지, 어디까지나 부드럽고 감미로운 에로스의 목소리가 아니다.

하지만, 그러나 전쟁과 평화, 또는 사랑과 증오는 동전의 양면과도 같은 것이지, 그렇게 이분법적으로 분리될 수가 있는 것이 아니다. 모든 전쟁 뒤에는 평화가 있고, 모든 평화 뒤에는 전쟁이 있다. 모든 사랑 뒤에는 증오가 있고, 모든 증오 뒤에는 사랑이 있다. 인간이 없으면 신도 존재할 수가 없고, 신이 없으면 인간도 존재할 수가 없다. 사랑과 평화와 행복의 전도사로서 송찬호 시인은 제우스와의 싸움에서 패배를 할 수밖에 없었지만, 그러나 그의 패배는 승리보다도 더욱더 아름다운 패배였던 것이다. 눈앞의 승리는 아름답지만, 눈앞의 패배는 더욱더 비참하고 처절하다. 하지만, 그러나 그 비참하고 처절한 패배가 예정되어 있었음에도 불구하고 그 싸움을 포기하지 않은 패배는 더욱더 아름답고 찬란할 수도 있는 것이다. 이 불가능을 가능하게 만든 것이 송찬호 시인의 장인 정신이며, 그 결과가, 꽃 중의 꽃인 「장미」라고 하지 않을 수가 없다. 과연 어느 누가 일찍이 "천둥을 흙 속에 심어놓고" "장미"로 꽃 피우겠다는 생각을 할 수가 있었겠으며, 과연 어느 누가 "언젠가 다시 창문과 지붕을 흔들며/ 천둥으로 울면서 돌아온다면/ 가시를 신부 삼아/ 내 그대의 여윈 목에/ 맑은 이슬 꿰어 걸어주리라"고 노래할 수가 있었단 말인가?

송찬호 시인은 '상상력의 혁명의 대가'이며, 언어의 마술사이다. 그의 언어인 천둥은 흙 속에 뿌리를 둔 장미가 되고, 그 장미는 "아침 이슬"이라는 목걸이를 두른 신부가 된다. 꽃 중의 꽃인 장미, 전세계의 공원과 화원, 또는 가정에서 1만 5천여 종이나 자라고 있는 장미, 꽃잎은 향료로, 열매는 이뇨와 해독제로 서양의 귀족들의 필수품이었던 장미—.

천둥이 장미가 되려면 땅 속으로 스며들어야만 하고, 장미가 가장 아름답고 화려하게 꽃 피어나려면 온 천지가 폭발할 듯이 천둥이 울어야만 한다. 천둥이 울고 장미가 꽃 피어난다. 아니, 장미가 울고 천둥이 꽃 피어난다. 천둥이 꽃 피어나고, 장미는 아침 이슬을 그의 가시로 꿰어 만든 목걸이의 주인공이 된다.

천둥-장미-아침 이슬-가시-신부. 상징주의자의 상상력이 천둥을 흙 속에 파종하여 가장 아름답고 화려한 장미로 꽃 피워낸 것이다. 시인은 장미의 남편이자 모든 인류의 아버지가 되고, 장미는 시인의 아내이자 모든 인류의 어머니가 된다.

사랑은 모든 사람들을 불러모으고, 평화는 모든 사람들의 행복을 연출해낸다.

성미정
처음엔 당신의 착한 구두를 사랑했습니다

처음엔 당신의 착한 구두를 사랑했습니다
그러다 그 안에 숨겨진 발도 사랑하게 되었습니다.
다리도 발 못지 않게 사랑스럽다는 걸 알게 되었습
니다
어느날 당신의 머리까지
그 머리를 감싼 곱슬머리까지 사랑하게 되었습니다.

당신은 저의 어디부터 시작했나요
삐딱하게 눌러 쓴 모자였나요
약간 휘어진 새끼손가락이었나요
지금 당신은 저의 어디까지 사랑하나요
몇 번째 발가락에 이르렀나요
혹시 제 가슴에만 머물러 있는 건 아닌가요
대답하지 않으셔도 됩니다 제가 그러했듯이
당신도 언젠가 모든 걸 사랑하게 될 테니까요

구두에서 머리카락까지 모두 사랑한다면

당신에 대한 저의 사랑은 더 이상 갈 곳이 없는 것 아
니냐고요

이제 끝난 게 아니냐고요 아닙니다

처음엔 당신의 구두를 사랑했습니다

이제는 당신의 구두가 가는 곳과

손길이 닿은 곳을 사랑하기 시작합니다

언제나 시작입니다

— 성미정 시집, 『나보다 더 나를 사랑한 당신』에서

인간은 선천적으로 타고 난 예술가이며, 이 예술가의 재능이 자기 자신과 이 세계를 끊임없이 미화하고 성화시켜왔던 것이라고 할 수가 있다. 자연이 아름다운 것은 우리가 자연을 아름답게 미화하고 성화시켜왔기 때문이며, 자연은 인간의 걸작품에 지나지 않는다. 인간이 있고 세계가 있지, 세계가 있고 인간이 있는 것이 아니다. 이 예술가의 근본적인 힘은 사랑이며, 이 사랑의 힘에 의해서 인류의 역사는 발전을 해왔던 것이다. 사랑의 힘은 좌절을 모르고, 사랑의 힘은 수치심도 모른다. 사랑의 힘은 천사를 낳고, 사랑의 힘은 모든 신들을 창조해놓는다. 사랑의 힘은 자기 자신의 정절마저도 바치게 하고, 사랑의 힘은 자기 자신의 목숨마저도 바치게 한다. 참된 사랑은 영혼이 육체를 감싸고, 참된 사랑은 수천 년의 시간의 풍화작용에도 불구하고 그 소멸을 모른다. 큐피드와 프시케, 피라무스와 테스베, 로미오와 줄리에트, 오르페우스와 에우리디케 등의 이 세기의 연인들이 그것을 증명해 준다. 사랑은 인간을 예술가로 만들어 주고, 그 결과, 그들의 걸작품인 후손들이 탄생을 하게 된다.

성미정 시인의 「처음엔 당신의 착한 구두를 사랑했습니다」라는 시는 매우 아름답고 뛰어난 사랑의 노래이며, "나보다 더 나를 사랑한 당신"에게 바쳐진 헌사라고 하지 않을 수가 없다. 만일, 그렇다면 왜, 도대체 착한 구두를 사랑했다는 것일까? 당신의 준수한 얼굴과 당신의 훌륭한 집안이나 인품이 아니고, 왜, 도대체 그의 도구에 지나지 않는 구두를 사랑했다는 것일까? 왜, 도대체 하나의 도구나 사물에 지나지 않는 구두에게 '착한'이라는 도덕적 가치판단을 내리고, 그 구두를 사랑했다는 것일까? 인간은 상상할 줄 아는 동물이며, 이 상상을 통해서 그 사랑의 의미를 극대화시킬 수 있는 상징물을 만들어낼 수 있는 동물이다. 구두는 당신의 상징이 되고, '착한 구두'는 당신의 어질고 인자한 성품을 뜻한다. 당신의 어질고 인자한 성품은 나의 이상적인 연인의 그것이 되고, 따라서 나는 당신을 위해서라면 나의 목숨까지도 다 바칠 준비가 되어 있다는 것이 된다. "그 안에 숨겨진 발도 사랑하게 되었습니다/ 다리도 발 못지 않게 사랑스럽다는 걸 알게 되었습니다/ 어느날 당신의 머리까지/ 그 머리를 감싼 곱슬머리까지 사랑하게 되었습니다" 라는 시구에서처럼, 당신의 숨겨진 발과 다리, 당신의 머리와 그 머리를 감싼 곱슬머리까지 다 사랑하게 되었다는 것이 바로 그것이다.

제1연이 내가 당신을 사랑한 구체적인 동기와 그 사랑의 강도를 노래한 것이라면, 제2연은 당신은 나의 어디부터 사랑을 했느냐고 물으면서, 그러나 나의 그 물음에 대답해도 되지 않는다고 말하고 있는 것이다. "당신은 저의 어디부터 시작했나요/ 삐딱하게 눌러 쓴 모자였나요/ 약간 휘어진 새끼손가락이었나요/ 지금 당신은 저의 어디까지 사랑하나요/ 몇 번째 발가락에 이르렀나요/ 혹시 제 가슴에만 머물러 있는 건 아닌가요"라는 시구는 당신이 나를 사랑하게 된 동기와 그 결과를 묻는 시구에 지나지 않지만, 그러나 나는 나의 특징과 장점을 열거하기보다는 이처럼 작고 보잘 것 없는 세목들을 열거하고 있는 것이다. 아마도 이것은 "대답하지 않으셔도 됩니다 제가 그러했듯이/ 당신도 언젠가 모든 걸 사랑하게 될 테니까요"라는 나의 당당함과 그 자신감의 소산이라고 하지 않을 수가 없는 것이다. 이 당당함과 자신감이 그 사랑의 강도를 보여주고, 이 사랑의 위대함으로 당신의 그 모든 것을 다 사랑하겠다고 다짐을 하고 있는 것이다.

타지마할이 아닌 미정궁전, 즉, 사랑의 궁전이 솟아오른다. "처음엔 당신의 착한 구두를 사랑했습니다/ 그러다 그 안에 숨겨진 발도 사랑하게 되었습니다/ 다리도 발 못지 않게 사랑스럽다는 걸 알게 되었습니다/ 어느날 당신의 머리까지/ 그 머리를 감싼 곱슬머리까지 사랑하게 되었습니다"라고 하나의 신기루처럼 피어오르다가, "이제는 당신의 구두가 가는 곳과/ 손길이 닿은 곳을 사랑하기 시작합니다/ 언제나 시작입니다"라는 시구에서처럼 그 구체적인 모습을 드러내며, 모든 연인들의 꿈의 궁전으로 솟아오른다.

구두는 사랑의 원동력이며, 사랑은 언제나 시작인 것이다.

미정궁전, 사랑의 궁전, 오래 묵고 낡을수록 더욱더 새로워지는 시신詩神의 궁전—.

사랑은 영생의 씨앗이며, 사랑은 영생의 불꽃이다.

이 사랑의 향기는 만리향이며, 수많은 연인들이 손에 손을 잡고—때로는 원수집안이라는 장애물과, 때로는 불륜이라는 강물과 또 때로는 신들의 질투와 비명횡사

라는 바다에 빠져가면서도—오늘도 이 사랑의 궁전으로
몰려오고 있는 것이다.

엄재국
나비의 방

이 작은 집에 들어가려면 열쇠가 있어야 한다

금고 속에 들어 있는 반지며 진주빛 목걸이
본 적 없는 둥근 열매의 팔찌를 훔치려면
캐비닛의 비밀번호를 알아야 한다

나비는
날개와 날개 사이의 촘촘한 눈금들을 접었다 폈다
낯선 번호의 가시를 헤치고 꽃잎을 연다

다이얼이 돈다 문이 열린다 와르르 쏟아지는,
도대체 둥근 빛깔의 보석들

일시에, 눈앞 캄캄하므로
나풀나풀 나비는, 환한 대낮에 등불을 켜는 것이다

그가 다녀간 자리
부서지고 달아난 문짝들 수북한데,

이슥한 봄날,
꾹꾹 눌러 퍼 담은 향기를 등에 지고

비틀비틀,
산등성일 오르는 나비의 뒤를 밟은 적 있다

— 엄재국 시집, 『나비의 방』에서

엄재국 시인의 두 번째 시집인 『나비의 방』의 해설을 쓴 함기석 시인의 말에 따르면, 엄재국의 시세계는 '이접移接의 시학'이라고 할 수가 있으며, '이접의 시학'이란 "사물과 사물의 결합, 사물과 자아의 결합, 기억과 현실의 결합, 자연과 인공의 결합 등으로 세분화"된 것을 말한다. 요컨대 '이접의 시학'이란 서로 다른 것들, 즉, 이질적인 것들을 결합시켜 우리 인간들의 인식에 충격을 가하고 새로운 세계를 펼쳐보이는 것을 말한다.

　　하지만, 그러나 나는 엄재국의 시세계를 '상징의 시학'으로 부르고 싶은 데, 왜냐하면 그의 수사법은 은유이며, 그 유사성의 법칙을 통하여 서로 다른 것들, 즉, 이질적인 것들을 결합시켜 그것을 인간화시키고 극적인 세계를 펼쳐보이고 있기 때문이다. 상징이란 인간이 의미를 부여한 것이고, 따라서 그의 「나비의 방」의 '나비'는 인간이 되고, 그 인간은 대도둑의 탈을 쓰게 된다. 이것은 마치 독수리를 제우스라고 부르고, 부엉이를 팔라스 아테나라고 부르는 것과도 같다. 엄재국 시인에 의하여 나비는 인간이 되고, 그 인간은 대도둑이 된 것이다. 나비의 채밀행위는 인간의 행위와도 같고, 그 인간의 행위는 대도둑의 행위와도 같다. 상징이란 이처럼 상징주의자들이 유사성의 법칙을 통하여 그 의미를 부여한 것이고, 따라서 상징주의자들이 그 동식물들의 행위에 극적인 성격과 그 의미를 부여함으로써 다양한 세계들, 이를테면 서정적인 아름다움의 세계와 비극적인 슬픔의 세계, 또는 희극적인 우화의 세계를 펼쳐보이게 된다. 서정적인 아름다움의 세계는 이상낙원의 세계가 되고, 비극적인 슬픔의 세계는 동정과 연민의 세계가 되고, 희극적인 우화의 세계는 야유와 조롱의 세계가 된다. 상징이란 인간이 의미를 부여한 것이고, 상징주의자들이란 그 모든 사물이나 동식물들을 인간화시키는 천의 얼굴을 지닌 마법사와도 같다고 하지 않을 수가 없다.

상징은 신이 되고 아버지가 된다. 상징은 어머니가 되고 누나가 된다. 상징은 장군이 되고 병사가 된다. 상징은 독수리가 되고 부엉이가 된다. 상징은 천사가 되고 악마가 된다. 상징은 의사가 되고 환자가 된다. 상징은 성자가 되고 대도둑이 된다. 상징의 세계는 넓고도 깊으며, 수많은 탈들이 다양하게 변신을 함으로써 우리 인간들의 사회를 이끌어나가게 된다. 상징에 살고 상징에 죽으며, 상징에 따라 울고 웃는다. 상징이란 탈이고, 배역이며, 그 구성의 원리는 은유, 즉, 유사성의 법칙이며, 우리 인간들은 상징이 없으면 단 한 순간도 살아갈 수가 없는 그런 동물에 지나지 않는다. 작은 상징, 큰 상징, 이그러진 상징, 추악한 상징, 아름다운 상징, 차가운 상징, 따뜻한 상징 등—, 따지고 보면 상징이 있고 인간이 있는 것이지, 인간이 있고 상징이 있는 것이 아니다.

엄재국 시인은 상징주의자이며, 그의 시세계는 '상징의 시학'이라고 할 수가 있다. 상징주의자들의 첫 번째 장점은 명명의 힘이고, 그 두 번째 장점은 은유를 통하여 매우 친숙하고 일상적인 이미지들을 다양한 상징들로 변모시키고 있는 것이다. 그는 우선 "이 작은 집에 들어가려면 열쇠가 있어야 한다"고 말한다. 왜냐하면 그 열쇠로 "낯선 번호의 가시를 헤치고 꽃잎을" 열듯이, "캐비닛의 비밀번호를" 풀어야 하기 때문이다. 나비는 대도둑이 되고, 가시가 달린 꽃은 "반지며 진주빛 목걸이", "둥근 열매의 팔찌를" 보관하고 있는 대저택이 된다. 때는 "이슥한 봄날"이고, 대도둑이 꽃의 문을 열고 들어가 다이얼을 돌리면 둥근 빛깔의 보석들이 와르르 쏟아진다. 그 보석들의 가장 찬란하고 화려한 아름다움은 일시에 눈앞이 캄캄해질 정도로 눈부신 것이 되고, 마치 대낮에 환한 등불을 켜는 것과도 같은 것이 된다. 이때에 "환한 대낮에 등불을 켜는 것이다"라는 시구는 그 보석들의 아름다움에 비하면 환한 대낮도 어두운 것에 지나지 않는다는 것이 되고, "그가 다녀간 자리/ 부서지고 달아난 문짝들 수북한데"라는 시구는 대도둑이 다녀간 자리의 어수선한 살풍경을 지시하게 된다. 꽃은 대저택이 되고, 꿀은 수많은 금은보화가 된다. 나비의 촉수는 열쇠가 되고, 꽃의 아름다움은 환한 대낮의 등불이 된다. 나비와 대도둑도 은유이고, 꽃과 대저택도 은유이다. 꿀과 금은보화도 은유이고, 꽃의 아름다움과 환한 등불도 은유이다. 은유는 수사법 중의 최고의 수사법이며, 모든 상징주의자들의 전가의 보도와도 같다고 할 수가 있다.

엄재국 시인의 「나비의 방」은 '상징주의 시학'의 최정점의 시이며, 그 아름다움이 영원불멸의 아름다움으로 그 빛을 발하고 있다고 하지 않을 수가 없다. 나비를 대도둑으로 변모시키고, 꽃을 대저택으로, 꿀을 수많은 금은보화로, 나비의 촉수를 열쇠로, 꽃의 아름다움을 환한 대낮의 등불로 변모시킨 그의 명명의 힘은 천지창조의 그것과도 같으며, 이 명명의 힘에 의하여 「나비의 방」이라는 매우 놀랍고도 새로운 세계가 펼쳐지게 된 것이다. "자세히 보아야 예쁘다/ 오래 보아야 사랑스럽다"는 나태주 시인의 「풀꽃」처럼 오랜 관찰의 힘이 상상력의 혁명으로 이어지고, 이 상상력의 혁명이 인식의 혁명으로 이어지게 된 것이다.

엄재국 시인의 「나비의 방」은 극적인 세계이며, 이 극적인 세계는 '추리소설적 기법'과도 같은 육하원칙으로 구축되어 있다. 시인은 수사관(혹은 기자)이 되고, 나비는 대도둑이 된다. 육하원칙이란 '누가, 언제, 어디에서, 무엇을, 어떻게, 왜'라는 원칙에 입각하여 어떤 사건을 기록하는 것이고, 이 육하원칙에 의하여 수많은 사건과 사고들이 그 객관성과 공정성을 확보하게 된다.

누가: 나비가

언제: 이슥한 봄날

어디에서: 야생화의 꽃밭에서

무엇을: 둥근 빛깔의 보석들(꿀)을

어떻게: 낯선 번호의 가시를 헤치고, 캐비닛의 비밀번호를 풀듯이, 그 꿀들을 훔쳐냈다.

왜: 나비가 나비의 먹이를 확보하려고.

이슥한 봄날, 한 마리의 나비는 야생화의 꽃밭에서 채밀을 하고 있었고, 시인은 그 광경을 지켜보며, 나비의 행방을 좇아간 적이 있었다. 하지만, 그러나 사실을 사실대로 기록하면 시가 되지를 않는다. 따라서 시인은 그의 상상력을 동원하여 나비를 대도둑으로, 자기 자신을 수사관(기자)으로 그 배역을 맡기게 되었던 것이다. 사건을 극적으로 전개시켜야 하니까, 과장과 허풍으로 만인들의 심금을 사로잡아야 했던 것이고, 그 모든 평범한 것들을 대단한 사건으로 변모시키지 않으면 안 되었던 것이다. "이 작은 집에 들어가려면 열쇠가 있어야 한다"와 "금고 속에 들어 있는 반지며 진주빛 목걸이/ 본 적 없는 둥근 열매의 팔찌를 훔치려면/ 캐비닛의 비밀번호를 알아야 한다"라는 시구가 그것이 아니라면 무엇이고, "나비는/ 날개와 날개 사이의 촘촘한 눈금들을 접었다 폈다/ 낯선 번호의 가시를 헤치고 꽃잎을 연다"와 "다이얼이 돈다 문이 열린다 와르르 쏟아지는/ 도대체 둥근 빛깔의 보석들// 일시에, 눈앞 캄캄하므로/ 나풀나풀 나비는, 환한 대낮에 등불을 켜는 것이다"라는 시구가 그것이 아니라면 무엇이란 말인가? 매우 친숙하고 평범한 일상적인 사건들을 '세계적인 대사건'으로 변모시키려니까, 매우 적극적인 과장과 허풍을 떨게 되었던 것이다. 나비는 금고털이범이며, 그가 못 여는 대저택의 자물쇠는 없으며, 그는 언제, 어느 때나 수많은 금은보화들을 훔쳐나오게 된다. 암수의 결합, 즉, 수정이 끝나면 난분분 꽃잎들이 떨어지는 것이고, 따라서, "그가 다녀간 자리/ 부서지고 달아난 문짝들 수북한데"라는 시구는 그 금고털이범의 범행의 현장을 말하고, "이슥한 봄날/ 꾹꾹 눌러 퍼 담은 향기를 등에 지고// 비틀비틀/ 산등성이 오르는 나비의 뒤를 밟은 적 있다"라는 시구는 그 금고털이범을 동경하며, 그 완전범죄에 경의를 표했다는 것을 뜻한다.

다시 말해서 "이 작은 집에 들어가려면 열쇠가 있어야 한다"라는 시구는 그 느닷없음과 함께, 흥미진진한 긴장감을 고조시키고, 이 작은 집을, 마치, 부자들의 대저택처럼 부각시키게 된다. 왜냐하면 그 작은 집에는 "반지며 진주빛 목걸이"와 "둥근 열매의 팔찌"들이 있었기 때문이다. 꽃은 대저택이 되고, "나비는/ 날개와 날개 사이의 촘촘한 눈금들을 접었다 폈다"하면서, "낯선 번호의 가시를 헤치고" 그 능숙한 솜씨로 대저택의 비밀 금고를 열어제친 것이다. "나비는/ 날개와 날개 사이의 촘촘한 눈금들을 접었다 폈다", "낯선 번호의 가시를 헤치고 꽃잎을 연다"라는 시구는 그 어려움의 강도를 뜻하고, 따라서 그 대도둑의 솜씨에 의해서, "다이얼이 돈다 문이 열린다 와르르 쏟아지는/ 도대체 둥근 빛깔의 보석들"이 그 정체를 드러내게 된다. 보석은 아름답고 찬란하며, 눈이 부시다. 순간, 눈앞이 캄캄해지고, 백주의 대낮에, 그 대낮보다도 더 환한 등불이 켜진다. 대저택의 침입과 금고털이의 과정도 극적이고, 금고의 열림과 그 보석들의 아름다움이 드러나는 과정도 극적이다. 이때의 극적이란 말은, 마르크스와 엥겔스마저도 감동할 만큼의 극사실적이라는 것을 뜻한다. 요컨대 세목의 진정성 이외에도 전형적인 상황에서의 전형적인 인물의 창조가 바로 이 엄재국 시인의 「나비의 방」의 완결성을 말해주고 있는 것이다.

생명이 생명을 먹고, 생명이 생명을 먹으며, 또다른 생명을 낳는다. 산다는 것은 죄를 짓는다는 것이며, 죄를 짓지 않는다는 것은 그의 삶을 포기한 것과도 같다. 산다는 것은 의로운 행위를 한다는 것이며, 의로운 행위를 하지 않는다는 것은 그의 삶을 포기한 것과도 같다. 정의와 불의, 상과 벌은 동일한 행위의 양면이며, 이 양면성이 있기 때문에, 모든 사건과 사고는 극적인 성격을 띠게 되는 것이다.

나비는 대도둑이며, 금고털이범이다. 나비는 언제, 어느 때나 완전범죄자이며, 그의 의로운 행위들에 의하여 모든 꽃들은 그 성적 욕망을 충족시키고, 영원불멸의 삶을 살아가게 된다.

2016년 모월 모일, 대도大盜 전두환은 한남동의 고급주택가에서 다이아몬드, 루비, 사파이어, 에머랄드, 롤렉스 시계, 금괴, 진주목걸이 등을 훔쳤고, 그는 그것들을 장물아비에게 넘기려고 하다가, 그를 쫓고 있었던 형사들에게 체포되었다.

하지만, 그러나 그 금은보화의 주인공들은 어느 누구도 그 도둑맞은 사실들을 부인하고 있었고, 따라서 전두환은 "진짜 대도둑은 아무 것도 도둑맞지 않았다는 이 땅의 부자들이지, 나는 정의의 사나이이다"라고 그 도둑질

의 정당성을 주장할 수가 있게 되었다. 왜냐하면 대도大
盜 전두환은 그 주인없는 수많은 금은보화들을 팔아서, 가난하고 힘들고, 너무나도 어렵게 살아가고 있는 이 땅의 서민들을 도와주고자 했었기 때문이다.

어느 누가 주인이고, 어느 누가 대도둑이란 말인가?

어느 누가 의인이고, 어느 누가 대악당이란 말인가?

나비, 나비, 누구나 부자가 되려면 열쇠가 있어야 한다.

높은 담장을 넘고, 철제금고의 비밀번호를 풀 수 있는 세계적인 갑부인 빌 케이츠와도 같은 열쇠(지혜)가 있어야 한다.

이하석

또한 죽음의 기억은

또한 죽음의 기억은
집 나온 길 같다.

구불구불, 구절양장의 소화력이 있다.

남은 우리 삶들을 곧잘
막다른 골목 끝에 뚝,뚝, 세워놓는다.

— 『애지』, 2015년 겨울호에서

이하석 시인도 어느새 늙었고, 이제는 죽음과 마주하며 그 죽음을 명상하는 시간이 많은가 보다.

죽음은 집 나온 길과도 같고, 양의 창자처럼 꼬불꼬불한 산길로 되어 있다.

첩첩산중, 그 험한 산길을 걸어가며, 그만큼 크나큰 회한을 되씹고 있는 것이다.

막다른 골목이다.

하지만, 그러나 그 막다른 골목을 더없이 아름답고 멋진 삶의 찬가로 장식해주기를 바랄 뿐이다.

나는 철학 예술가로서 死神의 맏형님, 나는 그 死神에게 나의 '사상의 신전'에는 머리카락 한 올도 보이지 않도록 명령을 내려 둔 바가 있다. 나는 일찍이 死神의 멱살을 움켜잡고 그의 날카로운 비수를 빼앗았으며, 그 영원한 삶을 위해서, 나는 나의 육체의 생명을 포기하고 말았다. 영생불사하는 인간의 육체란 얼마나 더럽고 추한 껍질이며, 오늘도 그 死神의 말씀에 따라 노예적인 복종태도로 '대성통곡'하고 있는 인간들이야 말로 얼마나 하찮고 경멸스러운 인간들이란 말인가? 너희들의 삶은 이미 삶이 아니고, 죽은 자의 그것에 지나지 않는다. 네 자신의 맑은 이성과 명료한 이성을 가지고 어느 누구도 아닌, 네 자신의 죽음을 완성하라! 그 죽음을 완성하는 그 짧고, 맑고, 순수한 시간이 너의 아름다운 이승의 삶이 될 것이며, 네가 죽음을 완성하는 순간, 너는 너의 영원불멸의 삶을 살게 될 것이다. 나는 너희에게 이 세상의 삶이 아닌, 가장 아름답고 멋진 죽음, 즉 예술적인 죽음을 권한다. 낙천주의자의 '하강의 깊이'는 '죽음의 깊이'이며, 그것은 우리 인간들의 두 번째 삶의 양식에 해당된다.

자, 우리 모두 가장 멋지게 죽어가는 것이다!

— 반경환, 「하강의 깊이」(『행복의 깊이 제1권』)에서

윌리엄 블레이크
순수의 예감

한알의 모래알 속에서 세계를 보고
한송이 들꽃 속에서 천국을 본다.
그대 손바닥 안에 무한을 쥐고
순간 속에서 영원을 보라.

◫

　윌리엄 블레이크(1757~1827)는 영국 시인이며, 양말 공장 직공의 아들로 태어나 독학으로 시를 쓰고 그림을 그렸다고 한다. 성경은 매우 열심히 읽었지만 교회에는 전혀 나가지 않았고, 오히려, 거꾸로 종교와 교회를 비판했다고 한다. 그의 「순수의 예감」은 매우 아름답고 신비로운 시이며, 그만큼 상징적이고 함축적인 시라고 할 수가 있다. "한알의 모래알 속에서 세계를" 본다는 것은 이 세상의 근본물질이 모래알(원자)이라는 것을 뜻하고, "한송이 들꽃 속에서 천국을 본다"는 것은 한송이 들꽃이 천국의 아름다움과도 똑같다는 것을 말한다. 모래알과 모래알의 결합에 의해서 이 세계가 태어나고, 모래알과 모래알의 분리에 의해서 이 세계가 해체된다. 한송이 들꽃은 천국의 아름다움이며, 이 아름다운 들꽃 속에서, 모든 시간은 무한으로 확대된다. 모래알과 모래알의 결합도 순간이고, 들꽃과 들꽃의 피고 짐도 순간이다.

하지만, 그러나 이 순간의 아름다움이 자아를 망각한 황홀함의 시간이 되고, 이 황홀함의 시간 속에서 영원불멸의 삶을 살아가게 된다. 순수는 때묻지 않은 시간이고, 더없이 아름다운 시간이며, 영원불멸의 시간이라고 하지 않을 수가 없다.

이 「순수의 예감」은 스티브 잡스가 가장 사랑했던 시이며, 스티브 잡스는 그가 어렵고 힘들 때마다 이 시를 암송하며, 마침내, 드디어 '스마트폰으로 여는 세상'을 창출해내게 되었던 것이다. 21세기는 '스마트폰의 세상'이며, IT업계의 거장인 스티브 잡스의 세상이라고 할 수가 있다. 스티브 잡스의 스승은 상징주의 시인인 윌리엄 블레이크이며, 상징이란 새로운 세상의 표지석이라고 해도 과언이 아니다.

천둥과 벼락의 화신인 제우스 신전, 아테네의 수호신인 팔라스 아테네의 신전, 빛과 진리와 예언의 신인 아폴로 신전, 브라만, 비쉬누, 시바의 신전 등―, 모든 신전과 성상들은 순수의 상징이며, 그 때묻지 않은 아름다움으로 영원불멸의 삶을 살아간다.

한알의 모래알 속에서 세계를 보는 자, 한송이 들꽃 속에서 천국을 보는 자, 자기 자신의 손바닥으로 무한을 움

켜질 수 있는 자만이 순간 속에서 영원을 보고, 새로운
세계를 창출해낼 수가 있는 것이다.

　오오, 순수여!

　오오, 영원한 순수여!

박정옥

비 맞고 우는 고기

바다로 돌아가지 못한 노래가 떠돈다

비 오는 날 만어사에
만 마리의 물고기
까맣게 몰려 반들거린다
스님의 강설을 듣고
몸으로 소리를 내는
내장 없는 어족들
부위마다 소리가 다른
일만 개의 타악기로
한참을 운다
만어사 경문이다

— 박정옥 시집, 『거대한 울음』에서

박정옥 시인의 『거대한 울음』은 그의 첫시집이며, 그는 울음과 노래 사이에서 새로운 상상의 세계를 연출해 낸다. 표제시인 「거대한 울음」의 주체자는 "사월을 부화하는 벚나무"이며, 이 벚나무는 "파미르 고원을 넘고/ 바이칼의 물을 품어" 그 머나먼 길을 울며 절며 왔다는 것이고, 또 하나의 탁월한 시인 「비 맞고 우는 고기」는 "비 오는 날 만어사에/ 만 마리 물고기들" "일만 개의 타악기로 한참을 운다/ 만어사의 경문이다"라는 수천 년의 시간을 찍어누를 듯한 시구들을 낳게 된다. 경문이란 최고급의 삶의 지혜를 말하며, 이러한 삶의 지혜를 연출해내면 제일급의 시인이 되고, 그렇지 못하면 이 세상의 어중이 떠중이들(삼류시인)이 될 수밖에 없는 것이다.

잠언과 경구들을 자유 자재롭게 구사하고, 이 잠언과 경구들을 경문으로 승화시킨 사람들은 아버지 살해자이며, 부처와 예수와 마호메트처럼 새로운 종교의 창시자가 될 수밖에 없다. 모든 경문은 '비 맞고 우는 고기'의 울음이며, 그 울음이 "몸으로 소리를 내는/ 내장 없는 어족들"처럼 그 진정성을 얻게 될 때 "바다로 돌아가지 못한 노래가" 된다. 울음은 노래가 되고, 노래는 경문이 된다. 다시 경문은 울음이 되고, 울음은 노래가 된다. 이 세상의 삶을 떠난 출가수행자들과 수많은 순례자들의 고행의 삶이 바로 그것을 말해준다.

시는 울음이고 노래이다. 이 세상의 삶이 슬픈 것은 어렵고 힘들기 때문이고, 모든 울음들이 이 슬픔에 뿌리를 두고 있기 때문이다. 우리 인간들이 저마다 노래를 부르고 있는 것은 그 울음을 새로운 삶의 의지로 승화시켜야 하기 때문이고, 모든 노래는 수많은 기적을 연출해내지 않으면 안 되기 때문이다.

오늘도 일만 개의 타악기로 울며, 만어사의 경문을 창출해내는 박정옥 시인—

시는 경문이며, 기적이다.

류현

흙으로 돌아가리

하늘이 날
부르는 날, 나는
한 걸음에 달려가리.

새벽 먼동과 함께 영롱히 빛나다
사라지는 이슬과 같이
흙으로 돌아가리.

노을빛 비켜 타고
하얀 두루마기에 붉은 도포 걸치고

온 산 마루를 붉게 물들이고
구름 가마타고 무지개다리 건너서

기쁜 마음으로 돌아가리.

이 땅에서 삶이 끝나는 날
그 삶이
어떠했느냐고 묻는다면

봄과 같이 따뜻하고
가을과 같이 은혜로웠다고
말씀드리리.

— 류현 시집, 『봄의 왈츠』에서

* 천상병 시인의 「귀천」을 읽고.

모든 사상은 행복론에 지나지 않는다. 행복이란 복된 삶을 말하고, 모든 고통이 종식된 상태를 말한다. 우리는 모두가 다같이 자기 자신의 행복의 연주자이지만, 그러나 소수의 예외자들을 빼어놓고는 그 행복한 삶을 살다가 가지를 못한다. 행복이란 자기 자신의 마음가짐과 의지 속에 있는 것이지, 이 세상의 그 어느 곳에 있는 것이 아니기 때문이다. 행복이란 물질 속에 있는 것도 아니고, 어떤 사회와 국가 속에 있는 것도 아니다. 행복이란 어느 누가 가져다가 주는 것도 아니고, 저절로 우연히 길거리에서 줍게 되는 것도 아니다. 행복이란 요컨대 자기 자신이 가장 좋아하고 가장 잘할 수 있는 일을 하는 데에서 얻어질 수 있는 것이며, 그 일의 기쁨으로 순교를 해간 사람들의 전유물이라고 하지 않을 수가 없다.

행복은 승리와 패배, 또는 성공과 실패를 떠나 있는데, 왜냐하면 승리보다도 더욱더 아름다운 패배와 성공보다도 더욱더 아름다운 실패가 있기 때문이다. 예수와 부처도 실패의 화신이 되어감으로써 성공했던 사람들이고, 알렉산더와 나폴레옹도 실패의 화신이 되어감으로써 성공했던 사람들이다. 데카르트도 명문귀족 출신으로서의 입신출세의 욕망을 버렸고, 니체도 명문귀족 출신으로서의 입신출세의 욕망을 버렸다. 스피노자도 하이델베르크의 교수직도 거절했고, 쇼펜하우어도 헤겔을 정면으로 공격하고 대학교수의 꿈을 버렸다. 예수, 부처, 알렉산더, 나폴레옹, 데카르트, 니체, 스피노자, 쇼펜하우어는 자기가 하고 싶은 일을 하기 위하여 성공보다도 더욱더 아름다운 실패의 길을 선택했던 사람들이었다고 하지 않을 수가 없다.

산다는 것은 일의 기쁨 속에 있는 것이고, 이 일의 기쁨만이 행복한 삶의 원동력이 되는 것이다. 일을 한다는 것은 모든 잡음과 잡념을 제거하는 것이며, 단지 그 황홀한 몰입 속에서 순교를 하게 되는 것이다. 산다는 것은 일을 한다는 것이며, 일을 한다는 것은 순교를 한다는 것이다. 모든 인간은 태어나면 이윽고 죽게 된다. 모든 인간들은 이 삶으로부터 죽음에 이르기까지, 일이라는 악기를 통하여 행복한 삶을 연주하게 되는 것이다. 이 연주가 끝나면 누구나 다같이 이곳이 아닌 다른 곳, 즉, 그의 영원한 고향으로 돌아가게 된다. 흙은 우리 인간들의 존재의 모태이자 영원한 삶의 터전이다. 흙은 모든 생명의 근본물질이자 언제, 어느 때나 영원히 변하지 않는다. 산다는 것은 죽는 법을 배우는 것이고, 죽는다는 것은 사는 법을 배우는 것이다. 이마에 땀방울을 흘리며 십자가에 못박혀서 죽는다는 것은 모든 순교자들의 꿈이며, 진정으로 아름답고 행복한 삶이 아닐 수가 없는 것이다.

　류현의 「흙으로 돌아가리」라는 시를 읽다가 보면, 어느 누구도 행복하지 않을 수가 없다. "하늘이 날/ 부르는 날, 나는/ 한 걸음에 달려가리"라는 기쁨도 있고, "새벽 먼동과 함께 영롱히 빛나다/ 사라지는 이슬과 같이/ 흙으로 돌아"간다는 기쁨도 있다. "노을빛 비켜 타고/ 하얀 두루마기에 붉은 도포 걸치고// 온 산 마루를 붉게 물들이고/ 구름 가마타고 무지개다리 건너"간다는 기쁨도 있고, "이 땅에서 삶이 끝나는 날/ 그 삶이/ 어떠했느냐고 묻는다면// 봄과 같이 따뜻하고/ 가을과 같이 은혜로웠다고/ 말씀드리리"라는 기쁨도 있다.

　나도 이처럼 즐겁고 기쁜 마음으로 흙으로 돌아가지 않으면 안 되고, 당신도, 당신도 이처럼 즐겁고 기쁜 마음으로 흙으로 돌아가지 않으면 안 된다. 기쁨 중의 기쁨은 죽음이며, 죽음이 있기 때문에, 이 세상의 삶이 더없이 즐겁고 기쁜 것이다.

만루 홈런과도 같은 죽음, 더 이상 지루하고 고통스럽지 않게, 단 한번에 이 세상의 삶에 종지부를 찍게 해주는 기쁨—, 류현 시인은 진정으로 행복한 삶을 연주하고 있는 낙천주의자라고 하지 않을 수가 없다.

강서완
선인장 가시가 물을 길어 올리는 시간

단서는 없었다. 어떤 지문도 발자국도 피 한 방울의 흔적도 없이 숨을 거둔 남자. 반듯했다. 책상 위에 시든 선인장 하나가 형사의 떨림을 알아챘다. 사건의 목격자로 선인장이 지목되었다.

태평양 솔로몬마을의 벌목방법은 나무를 향해 수십 명의 장정이 며칠간 고함을 쳐대서 시들어 죽게 만드는 것인데, 벡스터* 연구에 의하면 선인장은 두려움으로 말라 비틀린 것. 거짓말탐지기를 장착한 선인장에게 5명의 용의자를 대질시켰다. 그 중 한 명을 보자 탐지기가 심히 흔들렸다. 형사들은 그를 집중 추궁했다. 사건이 범인의 자백으로 종결될 즈음 선인장 가시는 다시 꼿꼿해졌다.

햇살 한 줌, 바람 한 켜, 달빛 몇 점이 정신병원 쇠창살에 달라붙어 바흐의 골드베르크 변주곡을 띄우고 있다.

— 강서완 시집, 『서랍마다 별』에서

* 클리브 벡스터 : 미국의 거짓말탐지기 전문가. 식물의 자극과 반응에
  대한 연구를 발표. 극단적인 상황에 직면한 식물은 인간처럼 기절하거
  나 실신하여 그 상황에 대한 자기방어를 한다고 함.

거짓이란 무엇이고 진실이란 무엇인가? 거짓이란 사실을 왜곡하며 타인을 속이는 행위를 말하고, 진실이란 일체의 속임이 없이 참되고 바른 것을 말한다. 선과 악이 그러한 것처럼, 진실과 거짓에 대한 규정은 지나치게 자의적이고, 때로는 거짓이 진실이 되고 진실이 거짓이 될 때도 있다. 진실과 거짓에 대한 규정은 도덕과 법으로 규정하는 것이며, 그 도덕과 법으로 규정한 공동체 사회와의 약속(계약)에 지나지 않는다. 아무튼 우리 인간들은 진실을 권하고 거짓을 배척하며, 진실이 없으면 이 세상을 살아갈 수 없는 그런 동물에 지나지 않는다. 이 권선징악의 예법 속에서 공동체 사회는 그 조직을 유지해나가고, 우리 인간들은 상호간의 믿음과 신뢰를 쌓아나가게 된다. 진실이란 최고급의 윤리적 토대이며, 모든 생명체들의 비옥한 텃밭이라고 하지 않을 수가 없다.

강서완 시인의 「선인장 가시가 물을 길어 올리는 시간」

은 이 권선징악의 예법의 숨통이 트이고, 그 예법 속의 삶의 활로가 싹트는 시간이라고 할 수가 있다. 단서도 없었고, "어떤 지문도 발자국도 피 한 방울의 흔적도 없이 숨을 거둔 남자"―. 하지만, 그러나 이 사건의 유일한 목격자는 선인장이었고, 이 선인장의 반응에 따라서 그 살인사건의 범죄자는 처벌을 받게 되었다. 미국의 거짓말 탐지기 전문가인 클리브 벡스터에 의하면, 아주 극단적인 상황에 직면한 식물도 인간처럼 기절을 하거나 실신하여 그 상황에 대한 자기방어를 한다는 것이다. 살인사건의 목격자인 선인장은 그 두려움으로 말라 비틀어졌지만, 그 사건의 범죄자가 체포되자마자 다시 자기 자신의 삶의 펌프질을 가동하게 되었던 것이다. 식물도 인간과 똑같으며, 이제는 식물들마저도 정신병원에 입원을 하여, 정신분석의로부터 심리적인 치료를 받아야 하는 모양이다. 자연은 생명의 숲이 아닌 아주 거대하고 찬란한 정신병원인지도 모른다.

　신경쇠약증에 걸린 사슴, 정신분열증을 앓고 있는 독사, 섹스중독증에 걸린 늑대, 우울증에 걸린 사자, 집단 발광증에 걸린 청와대의 암매미들, 자기도착증에 걸린 공작, 알코올 중독과 불면증에 걸린 호랑이, 번식기를 잃어버리고 모든 이성을 거부하는 들쥐들─.

신경쇠약증에 걸린 코스모스, 정신분열증을 앓고 있는 선인장, 섹스중독증에 걸린 양귀비, 우울증에 걸린 참나무, 집단발광증에 걸린 청와대의 소나무들, 자기도착증에 걸린 연꽃, 알코올 중독과 불면증에 걸린 포도와 다래, 번식기를 잃어버리고 모든 이성을 거부하는 벚나무들─.

햇살 한 줌, 바람 한 켜, 달빛 몇 점이 정신병원 쇠창살에 달라붙어 바흐의 골드베르크 변주곡을 띄우고 있다.

그렇다. 자연은 거대한 정신병원이니, 마음놓고 돈 재벌들의 집단발광증을 구경하시라!

아아, 선인장 가시가 물을 길어 올리는 그 옛날의 시간이여!

배창환

라이나 마리아 릴케

구석본 권예자

박종은 박 준

이재복 고영민

조성례 이경숙

복효근 나태주

이현채

배창환
아이에게

하고 싶은 일 하며 살아라
사람의 한 생 잠깐이다
돈 많이 벌지 마라
썩는 내음 견디지 못하리라

물가에 모래성 쌓다 말고 해거름 되어
집으로 불려가는 아이와 같이
너 또한 일어설 날이 오리니

참 의로운 이름말고는
참 따뜻한 사랑말고는
아이야, 아무것도 지상에 남기지 말고
너 여기 올 때처럼
훌훌 벗은 몸으로 내게 오라

— 배창환 시집, 『겨울 가야산』에서

우리 한국인들이 과연 기초생활질서를 가장 잘 지키고, 모든 부정부패를 뿌리뽑아 나갈 수가 있을까? 우리 한국인들이 과연 표절의 대가들을 발본색원하고 독서중심의 글쓰기 교육을 실시할 수가 있을까? 우리 한국인들이 과연 돈 안 드는 정치를 하고 소크라테스와 칸트가 역설한 대로 도덕왕국의 입법적 국민이 될 수가 있을까?

모든 천재는 인류의 스승이며, 이 천재들을 통하여 그 국가와 민족의 역사는 발전을 해왔던 것이다. 모든 학문은 도덕의 토대에서 자라나고, 인류의 행복을 위해서 존재한다. 자기 스스로 이웃 민족보다 우월한 도덕을 연출해내지 못한 민족은 우리 한국인들처럼 존재의 정당성을 잃어버린 민족이며, 남북은 분단되고 동족상잔의 비극만을 연출해내게 된다.

일본이나 중국, 러시아나 미국의 말을 들으면 결코 남북통일을 이룩해낼 수가 없고, 어떻게 해서든지 그들의 입김을 배제하고 오늘날의 독일처럼 우리 한국인들 스스로가 통일의 길을 연출해내지 않으면 안 된다. 일본보다, 중국보다, 러시아보다, 미국보다도 더 뛰어난 외교 전략을 구사하고, 하나님도 감동할 만한 지혜를 연출해내지 않으면 안 된다.

"참 의로운 이름말고는/ 참 따뜻한 사랑말고는/ 아이야, 아무것도 지상에 남기지 말고/ 너 여기 올 때처럼/ 홀홀 벗은 몸으로 내게 오라"고 말하기는 쉽다. 왜냐하면 참 의로운 이름이 무엇인지, 참 따뜻한 사랑이 무엇인지 그것을 가르쳐 줄 수 있는 스승이 없기 때문이다. 정의와 사랑은, 때로는 도덕적인 선전포고 없이는 쟁취될 수가 없는 것이며, 그것은 일개 시골의 사제였던 마틴 루터가 가장 웅변적으로 증명해주고 있는 것이다.

애지愛知, 지혜사랑, 즉, 낙천주의 사상의 창시자인 나의 입을 봉쇄하고 나를 왕따시킨 대한민국의 죄는 국가의 소멸까지도 감당해야 될 것이다.

대한민국의 문패는 이미 삭아 없어졌으며, 이민족의 꼭두각시로 전락한 노예들만이 득시글거리고 있을 뿐인 것이다.

라이나 마리아 릴케

젊은 시인에게 주는 충고

마음속의 풀리지 않는 모든 문제들에 대해
인내를 가지라.
문제 그 자체를 사랑하라.
지금 당장 해답을 얻으려 하지 말라.
그건 지금 당장 주어질 순 없으니까.
중요한 건
모든 것을 살아보는 일이다.
지금 그 문제들을 살라.
그러면 언젠가 먼 미래에
자신도 알지 못하는 사이에
삶이 너에게 해답을 가져다줄 테니까.

히말라야의 인적미답人跡未踏의 고산영봉을 올라가고
자 하면 나침반, 지도, 로프, 아이젠 등의 등산장비와 비
행기표와 식량과 포터들의 인건비 등의 경비를 마련하
지 않으면 안 된다. 이밖에도 최악의 사태를 대비하기 위
하여 유언장을 작성해두고, 이 죽음의 공포와 사생결단
식의 혈투를 벌이지 않으면 안 된다. 첫 번째도 체력단
련이며, 두 번째도 체력단련이고, 그 고산영봉을 등정하
고 무사히 내려오기까지 더없이 결연한 의지와 용기로
서 자기 자신을 다스려 나가지 않으면 안 된다. 진정한
인간은 모험을 하기 이전에 이미 그 임무를 완수하지만,
이 세상의 어중이 떠중이들은 모험을 해보지도 않고 이
미 실패를 확보하게 된다.

문제는 사는 것이고, 사는 것은 죽음의 공포와 싸우는
것이다. 죽음을 두려워하면 그 어떤 문제도 풀 수가 없
고, 수없이 되풀이 죽어갔을 때만이 마치 불사조처럼 되

살아나는 것이다. 문제는 이미 주어져 있고, 해답도 이미 주어져 있다. 그것은 인적미답의 고산영봉에 깃발을 꽂고, 모든 인류의 영웅으로 가장 찬란하고 위대하게 다시 태어나는 것이다. 문제는 그 문제를 풀 수 있는 두뇌와 그 고통을 감당해내야 할 인내력과 자기 자신의 목숨까지도 과연 헌신짝처럼 내던질 수 있는 용기가 있느냐일 것이다.

"자, 우리 모두 가장 용감하게 죽는 것이다"라고, 나는 젊은 시인들에게 충고를 해주고 싶은 것이다.

구석본
추억론

수목원을 거닐다 나무에 걸려 있는 명패를 보았다. 굵은 고딕체로 개옻나무라 쓰여 있고 그 밑 작은 글씨로 '추억은 약이 되나 독성이 있다'고 쓰여 있다. '추억이 약이 된다' 멋진 나무야, 가까이 다가가 들여다보니 '수액은 약이 되나 독성이 있다'였다.

그러나 그날 이후 나는 그 명패를 '추억은 약이 되나 독성이 있다'로 읽기로 했다.

햇살이 영혼을 쪼아대던 봄날, 신경의 올마다 통증이 꽃처럼 피어오르면 약 대신 추억의 봉지를 뜯었다. 밀봉된 봉지에서 처음 나온 것은 시간의 몸, 시신時身이었다. 시신은 백지처럼 건조했다. 피와 살의 냄새조차 증발해 버렸다. 그 안에 사랑과 꿈과 그리움들이 바싹 말라 부스러져 있었다. 그들의 근친상간으로 잉태한 언어들이 발화하지 못한 채 흑백사진으로 인화되어 있다.

약이 되는 것은 스스로 죽은 것들이다. 죽어서 바싹 마른 것들이다. 살아있는 것에서 독성을 느끼는 봄날이다.

약을 마신다. 정성껏 달인 추억을 마시면 온몸으로 번지던 통증이 서서히 가라앉는다. 나의 영혼이 조금씩 말라간다. 언젠가 완벽하게 증발하면 나 또한 누군가의 추억이 될 것이다.

봄날, 추억처럼 어두워져 가는 산길을 홀로 접어들어 가고 있는 나를 본다.

— 구석본 시집, 『추억론』에서

구석본 시인의 「추억론」은 그의 역사 철학적인 성찰의 소산이며, 한국문학사상 가장 아름답고 찬란한 명시라고 하지 않을 수가 없다. 그는 수목원을 거닐다가 나무에 걸려 있는 명패를 보았고, 그 명패에는 '개옻나무'라고 쓰여 있었다. 그리고 그 밑에는 작은 글씨로 "수액은 약이 되나 독성이 있다"라고 쓰여 있었지만, 그러나 그는 일시적인 착시현상으로 "추억은 약이 되나 독성이 있다"라고 잘못 읽게 된다. 따라서 그는 곧 "수액은 약이 되나 독성이 있다"라고 제대로 읽게 되었지만, 그러나 그날 이후부터, "추억은 약이 되나 독성이 있다"라는 명제는 그의 역사 철학적인 화두(주제)가 되었던 것이다. "추억은 약이 되나 독성이 있다"라는 주제는 그를 높이 높이 끌어 올리고, 그는 그 황금옥좌에 앉아서 그 모든 것을 굽어 보듯이, 그 주제를 통한 최고급의 인식의 제전을 펼쳐 보인다.

"햇살이 영혼을 쪼아대던 봄날, 신경의 올마다 통증이 꽃처럼 피어오르면" 그는 "약 대신에 추억의 봉지를 뜯었고", 그 추억의 봉지에서 "처음 나온 것은 시간의 몸", 즉, "시신時身"이었던 것이다. "시신은 백지처럼 건조"했고, "피와 살의 냄새조차도 증발해" 버리고 없었다. "그 안에 사랑과 꿈과 그리움들이 바싹 말라 부스러져 있었고", "그들의 근친상간으로 잉태한 언어들이 발화되지 못한 채 흑백사진으로 인화되어" 있었다. 약이 되는 것은 스스로 죽은 것(추억)들이며, 죽어서 바싹 마른 것들이고, 살아있는 것에서 독성을 느끼는 그런 봄날이었던 것이다.

"약을 마신다. 정성껏 달인 추억을 마시면 온몸으로 번지던 통증이 서서히 가라앉는다". 추억은 고통이며 통증일 수밖에 없는데, 왜냐하면 이 세상의 삶 자체가 만고풍상의 그것에 지나지 않기 때문이다. 우리 인간들의 추억은 고통일 수밖에 없으며, 이 고통들이 오랜 세월 동안 마르고 마르면 그것은 이 세상의 모든 고통들을 퇴치할 수 있는 특효약이 되어 준다. 요컨대 만고풍상이 쟁여진 추억이 "고통이여, 올테면 오라! 나는 그 어떠한 고통도 두렵지 않다"라는 만병통치약이 되어주고 있는 것이다. 아버지와 아버지의 아버지의 삶이 그러했듯이, 내가 죽어서 완벽하게 증발하면 "나 또한 누군가의 추억이 될 것이다".

구석본 시인의 「추억론」은 최고급의 역사 철학적인 인식의 소산이며, 그 격세유전이라고 하지 않을 수가 없다. 추억은 쓰지만 그 열매는 달다. 이 추억들을 역사 철학적인 봄볕 속으로 불러내어, 최고급의 특효약으로 탄생시킨 것이다. 시는 만병통치약이면서도 독성이 있다.

이름이 실력보다 앞서면 그는 사인史人이 되고, 실력이 이름보다 앞서면 그는 야인野人이 된다. 대부분의 진정한 시인은 이 야인野人의 텃밭에서 태어나고, 그는 시간을 거슬러 올라가며, 그 모든 역사의 진실들을 제대로 밝혀주게 된다. 그렇다. 추억은 약이 되지만, 그 인간─그 추억을 만들어 내는 인간─의 삶은 독성이 있을 수밖에 없다. 추억의 본질을 새롭게 명명하고 그 실체를 밝혀낸 최고급의 인식의 힘이 구석본 시인의 「추억론」에는 수천 년의 세월을 찍어누른 듯이 각인되어 있는 것이다.

권예자

알 수 없는 책

처음부터 꼭 마음에 들었던 건 아니다
재미있게 읽을 자신은 없었지만
제목이 상큼했고 표지가 깔끔했다
달리 눈길을 끄는 책도 없는 데다
도서상품권 유통기한에 쫓겨 그냥 샀다

책 속에 매화와 난초가 수줍게 피고
새들이 날며 초목이 자라길 바랐다
시처럼 곱게 내리는 이슬비
소설처럼 감미로운 대화도 있을 거라 여겼다
때로는 경포대 둥근 달을 보며
파도소리도 함께 듣고 싶었다

책을 잘못 골랐다는 예감은
첫 페이지를 읽으면서였다

그 면에 가장 많이 실린 단어는
아니다 틀렸다 싫다 못한다
행간마다 태반이 엄살일 뿐
독자를 배려한 구절을 찾지 못했다

몇 십 년이 지났지만
절반도 이해하지 못한 내용
다 읽지 못하고 넘긴 페이지 수두룩하다
단정하던 제본 엉성해지고 표지마저 너덜거린다
이제 그만 덮을까 망설이면서도
어딘지 숨어있을 매력적인 문장을 찾아
낡아버린 결혼의 책갈피를 촘촘히 탐색한다
밑줄 그을 색색의 연필을 준비해 놓고
― 권예자 시집, 『비밀 일기장』에서

권예자 시인의 「알 수 없는 책」은 결혼 생활에 대한 회한과 성찰이 대단히 아름답고 뛰어나게 담겨 있는 시라고 하지 않을 수가 없다. "처음부터 꼭 마음에 들었던 건 아니"지만 "도서상품권 유통기한에 쫓겨 그냥 샀다"는 것은 혼기가 꽉찬 여인으로서 별달리 선택의 여지가 없었다는 것을 뜻하고, "재미있게 읽을 자신은 없었지만/ 제목이 상큼했고 표지가 깔끔했다"는 것은 그나마 불행 중 다행이며 최선의 선택이었다는 것을 뜻한다. 아무튼 그녀의 선택 속에서는 "매화와 난초가 수줍게 피고/ 새들이 날며 초목이 자라"났고, "시처럼 곱게 내리는 이슬비"와 "소설처럼 감미로운 대화도 있었다." "때로는 경포대의 둥근 달을 보며/ 파도소리도 함께" 들을 수가 있었고, 둘이서 하나가 되는 일체동심의 기적을 연출해낼 수도 있었다. 결혼은 자유이며, 이 자유의 선택이 있는 한, 이 세상은 수많은 기적의 탄생지가 될 수밖에 없었던 것이다.

하지만, 그러나 기적은 하나의 희망사항이며, 그것은 어디까지나 말장난에 지나지 않았다. 있는 것이 소멸할 수도 없고, 없는 것이 새롭게 태어날 수도 없다. 기적은 부재하는 하나님처럼 인과의 법칙에 어긋나는 것이며, 그 기적을 믿는 자는 이윽고 파멸을 맞이하게 된다. "책을 잘못 골랐다는 예감은/ 첫 페이지를 읽으면서였다"라는 시구는 첫날 밤, 또는 신혼 초부터 그 '자유의 선택'이 잘못되었다는 것을 말하고 있는데, 왜냐하면 "그 면에 가장 많이 실린 단어는/ 아니다 틀렸다 싫다 못한다"였기 때문이다. '그렇다, 옳다, 좋다, 잘한다'는 부부로서의 일체동심의 기적을 이룰 수가 있다는 것을 뜻하지만, '아니다, 틀렸다, 싫다, 못한다'는 부부로서의 일체동심의 기적은 커녕, 동상이몽 속의 비극을 연출할 수밖에 없다는 것을 뜻한다. "행간마다 태반이 엄살일 뿐/ 독자를 배려한 구절을 찾지 못했다"라는 시구는 수십 년간 함께 살아온 남편에 대한 최고급의 독설이기는 하지만, 그러나 그 말은 오히려, 거꾸로 그녀에게도 해당되는 독설이라고 해도 틀린 말이 아니다. 왜냐하면 그 독설은 "시처럼 곱게 내리는 이슬비"와 "소설처럼 감미로운 대화"만을 꿈꿨던 소녀취향의 그것에 지나지 않았기 때문이다.

　권예자 시인의 「알 수 없는 책」은 그녀의 남편에 대한 최고급의 독설을 매우 상징적이고 함축적인 언어로 묘사하고 있는 시이기는 하지만, 그러나 그렇다고 해서 그들의 부부관계가 파탄을 맞이하고 있는 것은 아니다. 또한 그들의 부부관계는 그렇게 나쁜 관계도 아니고, 끝끝내 비극적인 파탄으로 끝날 것도 아니다. "몇 십 년이 지났지만／ 절반도 이해하지 못한" 책, 너무나도 난해하여 "다 읽지 못하고 넘긴 페이지가 수두룩한" 책, "단정하던 제본도 엉성해지고 표지마저도 너덜"거리는 책, "이제 그만 덮을까 망설이면서도／ 어딘지 숨어있을 매력적인 문장을 찾아／ 낡아버린 결혼의 책갈피를 촘촘히 탐색"하게 만드는 책―. 요컨대 모든 부부 관계는 동상이몽 속의 관계이며, 둘이서 하나가 되는 기적은 영원히 일어나지 않는다는 것을 보여주기 위해서 권예자 시인은 이 시를 썼는지도 모른다.

　동상이몽은 다만 착각이고 환영이며, 영원히 나쁜 꿈에 지나지 않는다. 「알 수 없는 책」의 남편은 영원히 존재하지 않는 남편이며, 혼기가 꽉찬 여인이 제멋대로 조작해낸 환상 속의 그런 존재에 지나지 않는다. 남녀는 서로가 서로를 오해하고 있는 것이다. 아내 역시도 영원히 존재하지 않는 아내이며, 다만 남편이 제멋대로 조작해 낸 환상 속의 그런 존재에 지나지 않는다.

「알 수 없는 책」은 동상이몽의 꿈으로서 모든 선남 선녀들의 마음을 사로잡고, 「알 수 없는 책」은 동상이몽의 꿈으로서 더없이 아름답고 영원한 울림을 간직하고 있다.

> 책 속에 매화와 난초가 수줍게 피고
> 새들이 날며 초목이 자라길 바랐다
> 시처럼 곱게 내리는 이슬비
> 소설처럼 감미로운 대화도 있을 거라 여겼다
> 때로는 경포대 둥근 달을 보며
> 파도소리도 함께 듣고 싶었다

세 살 때 버릇이 백 살 때까지 가고, 모든 인류의 문화 유산을 다 살펴보고 모든 경전을 다 읽었어도 인간은 좀처럼 변하지 않는다. 왜냐하면 그는 끝끝내 자기 자신만을 짊어지고 다니며 이기주의를 최고의 사상으로 신봉하고 있기 때문이다. '황금보기를 돌같이 하라'고 입버릇처럼 말하면서도 그 황금을 위해서 살고 그 황금을 위해서 죽어간다. 나의 이익은 최고의 선이 되고 너의 이익은 최고의 악이 된다. '여보, 당신만을 사랑해' 하면서도 그는 그의 아내를 속이고, '여자의 진심은 당신에게 바쳐진 것이요' 하면서도 그녀는 그의 남편을 속인다. 신랑의 달콤한 거짓말이 그녀의 입술을 파고들면, 그녀의 달콤한 독설이 그의 가슴을 어루만지게 된다. 정자가 거짓말로 꿈틀대면 난자도 거짓말로 꿈틀대면서 수란관으로 기어나온다. 남편과 아내는 서로가 서로에게 알 수 없는 책이 되고, 그들은 그렇게 동상이몽의 꿈으로 그들의 자서전을 써나가게 된다. 사랑하는 남녀는 오늘도 기적을 꿈꾸며, 서로가 서로에게 배신의 칼날을 들이대게 된다.

남편은 아내를, 아내는 남편을 자기 자신의 이상형으로 만들고자 하는 고귀하고 웅장한 야심의 결정판이 결혼이고, 결혼은 모든 전략과 전술이 교차하는 싸움의 장소가 된다. 기대는 배반을 낳고, 배반은 너무나도 허무하고 쓸쓸한 막장 드라마를 연출해낼 때도 있다.

모든 결혼은 투쟁 속의 조화, 혹은 투쟁 속의 불화일 수밖에 없는 까닭이 여기에 있는 것이다.

박종은
나는 누구인가?

태평양을 건너왔어요
나를 찾으러, 누렇게 삭은 기록부에
윤복동이라는 이름과 사진 한 장 들고
아메리카에서 늙어버린 백발이
아이세상으로 비행기를 타고

나는 누구인가?
평생 풀지 못한 수수께끼 하나 짊어지고
찾아온 모국의 귀퉁이에서
되살아나는 코끝에 비릿한 고향 냄새
맞아요, 어렴풋한 기억

바다가 보이는 언덕에
수척해진 모습으로 그 고아원 남아 있는데
아무리 뒤져도 없는, 잊혀 진 아이

젊은 수녀는 두 손을 모으며 말한다
당신을 위해 기도할 게요

도로 태평양을 건너갈 거예요
그러나 결코 잊지 마세요
그냥 돌아가 그곳에 묻힌다 해도
누군지도 모르고 살다 간 나는
분명 한국인이었다는 것을
— 박종은 시집, 『카이로스』에서

유태인들은 책의 민족이며, 이 세상에서 가장 지혜를 사랑하는 민족이다. 그들은 그들의 책과 지혜의 상징인 성경을 '들고 다니는 조국'으로 삼은 결과, 오늘날 전세계를 지배하고 있다고 해도 틀린 말이 아니다. 학계를 지배하고 있는 것은 누구이며, 종교계를 지배하고 있는 것은 누구인가? 금융계를 지배하고 있는 것은 누구이며, 석유업계를 지배하고 있는 것은 누구인가? 언론계를 지배하고 있는 것은 누구이며, 방위산업계를 지배하고 있는 것은 누구인가? 영화산업을 지배하고 있는 것은 누구이며, 미국을 지배하고 있는 것은 누구인가? 그것은 두말할 것도 없이 최고급의 인식의 제전에서 최종적인 승리를 거둔 유태인들이라고 하지 않을 수가 없다.

유태인들에게는 '나'가 없고 '우리'만이 있다고 한다. 왜냐하면 유태인들은 모두가 다같은 형제이며, 한 가족의 구성원들이기 때문이다. 히틀러에 의하여 유태인들이 박해를 받았을 때, 제2차 세계대전 이후 구소련에서 유태인들이 박해를 받았을 때, 그들은 모두가 그 아픔, 그 고통들을 온몸으로 참고 견디며 울었다고 한다.

앎을 육화시키고 고급문화인이 된 민족일수록 아주 뛰어나고 훌륭한 도덕을 창출해내고, 그 도덕과 종교를 통하여, 언제, 어느 때나 민심과 국력을 결집시켜나가게 된다. '나'보다는 '우리'가 먼저이고, '우리'보다는 '국가'가 먼저이며, 따라서 우리는 모두가 다같이 그 국가의 형제자매가 되고 있는 것이다.

우리 한국인들은 우리가 없고 조국이 없다. 우리 한국인들은 '나'만 있고 '우리'가 없기 때문에, 지난 수천 년 동안 이민족의 지배를 받아왔다고 해도 과언이 아니다. 당나라, 원나라, 명나라, 청나라, 일본, 미국의 식민지배의 산물인 윤복동, '나'가 누구인지도 모르고 "나를 찾으러" 태평양을 건너온 윤복동, " 모국의 귀퉁이에서/ 되살아나는 코끝의 비릿한 고향 냄새"에도 불구하고 끝끝내 자기 자신을 찾지 못하고 "도로 태평양을 건너"가야만 하는 윤복동─. 이 윤복동이가 증명해주고 있는 것은 '우리'를 잃어버렸기 때문에 '나'를 찾을 수가 없다는 역설일 것이다. 나를 버리면 나는 우리로서 나가 되지만,

나를 버리지 않으면 나는 우리가 없는 텅 빈 껍데기가 된다. 윤복동은 입양고아이고 나가 없는 떠돌이 나그네이며, 자기가 자기 자신을 잃어버리고 끊임없이 자기 자신을 찾아다니는 이 세상의 유령일 뿐이다.

바다가 보이는 언덕에
수척해진 모습으로 그 고아원 남아 있는데
아무리 뒤져도 없는, 잊혀 진 아이
젊은 수녀는 두 손을 모으며 말한다
당신을 위해 기도할 게요

도로 태평양을 건너갈 거예요
그러나 결코 잊지 마세요
그냥 돌아가 그곳에 묻힌다 해도
누군지도 모르고 살다 간 나는
분명 한국인이었다는 것을

무섭다. 끔찍하다. 우리가 없고, 우리가 살아갈 조국이 없는 유령들의 사회가……
선거구도 없이, 애국심도 없이 돈 많이 드는 선거를 하겠다고 춤추는 유령들, 부정부패를 더욱더 심화시키면서 전국민의 목을 비틀고 자기 자신만의 뱃속을 채우겠다고 생떼를 쓰고 있는 여야 정당의 유령들, 자기가 자기 자신을 다스리고 처벌할 마음 속의 법정도 없이 한강철교에서, 울돌목에서, 세월대교에서 오늘도 투신자살하는 유령들……

유병언이와 조희팔은 우리 정치인들의 영원한 동지이다. 우리 정치인들은 세월호의 희생자들과 다단계사기의 피해자들보다도 유병언이와 조희팔과도 같은 사기꾼들을 더 사랑한다.

오마바 대통령과 아베 수상의 입이 쩌억 벌어진다.

"저 노예놈들 참 귀엽구나! 너희들은 매국 행위(부정부패)는 우리 제국의 영원한 행운이란다!"

박준

당신의 이름을 지어다가 며칠은 먹었다

이상한 뜻이 없는 나의 생계는 간결할 수 있다 오늘 저녁부터 바람이 차가워진다거나 내일은 비가 올 거라 말해주는 사람들을 새로 사귀어야 했다

얼굴 한번 본 적 없는 이의 자서전을 쓰는 일은 그리 어렵지 않았지만 익숙한 문장들이 손목을 잡고 내 일기로 데려가는 것은 어쩌지 못했다

'찬비는 자란 물이끼를 더 자라게 하고 얻어 입은 외투의 색을 흰 속옷에 묻히기도 했다'라고 그 사람의 자서전에 쓰고 나서 '아픈 내가 당신의 이름을 지어다가 며칠은 먹었다'는 문장을 내 일기장에 이어 적었다

우리는 그러지 못했지만 모든 글의 만남은 언제나 아

름다워야 한다는 마음이었다

　　— 박준 시집, 『당신의 이름을 지어다가 며칠은 먹었다』

　　　에서

사랑하는 아내가 죽었지만 그는 돈이 많은 부자였다. 사랑하는 남편이 구사일생九死一生의 기적으로 살아났지만, 그녀에게는 돈이 없었다. 돈 많은 남편은 곧 새장가를 가고 그 아내를 잊게 될 것이다. 하지만, 그러나 돈이 없는 아내는 사랑하는 남편의 되살아남이 마른 하늘의 날벼락과도 갖게 될 것이다.

　'부는 요새이고 빈곤은 폐허이다'라는 『탈무드』의 교훈이 있다. 가난 앞에서는 성자도 없고, 천하장사도 없으며, 오직 수많은 아첨과 비굴과 복종만이 있을 뿐인 것이다. 이름을 팔고, 가문의 문패를 팔고, 자기 자신의 장기마저도 판다. 아들의 노동력을 팔고, 딸아이의 정조를 팔고, 심지어는 하나님과 부정부패라는 면죄부마저도 판다.

　자서전 대필업자, 그 쓰디쓴 아픔과 울부짖음이 「당신의 이름을 지어다가 며칠은 먹었다」라는 시라고 할 수가 있다. "얼굴 한번 본 적 없는 이의 자서전을 쓰는 일은 그리 어렵지 않았지만" 그러나 그의 자서전의 문장은 나의 문장이며, 그 내용은 나의 일기장과도 같았다. 하지만, 그러나 그의 자서전에는 나의 이름을 서명할 수가 없고, 나의 일기장에는 그의 이름을 서명할 수가 없다. 요컨대 그의 자서전은 실제로는 내가 쓴 것이지만, 명목상으로는 그가 쓴 것이 되고 있는 것이다. 타인의 자서전과 시인의 일기장, 또는 타인의 양심을 산 자와 자기 자신의 양심을 팔아버린 자와의 간극과 그 뒤틀림이 "찬비는 자란 물이끼를 더 자라게 하고 얻어 입은 외투의 색을 흰 속옷에 묻히기도 했다"라는 명백한 오문과 비문으로 이어지고 있는 것이다. 잘못된 문장(오문)은 자서전을 타인에게 맡긴 자를 지시하고, 문장이 될 수 없는 비문은 그까짓 돈 몇 푼 때문에 타인의 자서전이나 대필하고 있는 시인을 지시한다.

자서전을 타인에게 부탁한 자와 타인의 자서전이나 쓰고 있는 자의 존재론적 기반은 명백한 오문과 비문으로 갈라지지만, 그러나 그 명백한 오문과 비문을 쓰며, "아픈 내가 당신의 이름을 지어다가 며칠은 먹었다"는 시구는 한국시문학사상 가장 처절하고 섬뜩한 충격을 던져주는 시구라고 하지 않을 수가 없다. 왜냐하면 시인은 진리의 사제이며, 그 진리를 위한 순교자이기 때문이다. "아픈 내가 당신의 이름을 지어다가 며칠은 먹었다"라는 시구에는 자기 자신의 양심을 팔아먹은 자의 단말마적인 비명이 배어 있고, 또한, 그 시구 속에는 어린 아기를 뜯어먹고 살아남은 최후의 난민과도 같은 아버지의 고통이 배어 있다. 제 아무리 사납고 험한 파도와 그 머나먼 여정일지라도 시인은 살아 남아야 하고, 그리하여 마침내, 시인으로서 양심을 팔아먹게 하는 사회를 고발하지 않으면 안 된다. 부는 요새이고 빈곤은 폐허이다. 소총과 대포로는 요새를 부술 수가 없지만, 최신예 전투기로는 그 요새를 무력화시킬 수가 있다. 부자에게 양심을 팔되, 이처럼 뼈아픈 반성과 성찰을 통하여 진정한 시인으로서 거듭 태어나는 것이다. 박준 시인의 오문과 비문은 부자들에 대한 아주 멋진 조롱이며, 야유의 소산이고, 그 결과, 진흙 속의 연꽃처럼 「당신의 이름을 지어다가 며칠을 먹었다」라는 최고급의 명시가 탄생하게 된 것이다.

시는 소총과 대포이지만, 진정한 시는 최신예 전투기이다. 진흙 속의 연꽃이 그것이며, "모든 글의 만남은 언제나 아름다워야 한다"는 전언이 그 연꽃의 말이기도 한 것이다.

시인은 우회할 줄을 모르고, 시인은 좌절할 줄을 모른다. 시인은 비겁과 비굴을 모르며, 모든 천재적인 힘의 아버지가 된다.

아아, 가난하니까 더욱더 아픈 젊은 시인이여,

그대의 최신예 전투기는 끊임없이 최고급의 시를 생산해내는 것이다.

이재복
화성

화성으로 갈 사람을 모집한다면
두렵지만 지원할 거야

그곳으로 가서 다시 돌아오지 못한다해도
나는 갈 거야

화성은 특별할 것 같아
공기는 빨갛고 모래바람밖에 없어서
내가 알지 못하는 무언가가 있을 것 같아
지구는 더 이상 비밀스럽지 않아 보여

엄마는 절대 가지 말라고 하지만
상상하지도 않는다면 아무 일도 일어나지 않아
용감해져야 해

화성은 점점 나를 용감하게 만들어
아직 발길이 닿지도 않았지만
내 꿈의 길은 벌써 그곳에 닿아 있어

생각은 어디든 닿을 수 있고
그것이 나의 진짜 크기야
지구에만 머무를 수 없는

— 이재복 동시집, 『코코아 속의 강아지』에서

화성은 태양으로부터 네 번째 행성이며, 표면은 붉은 색을 띠고 있다고 한다. 화성의 하루는 24.5시간이 되고 (지구의 시간으로), 1년은 약 687일이 된다(지구의 날짜로). 포보스와 데이모스라는 2개의 작은 위성을 거느리고 있고, 연 평균 기온은 영하 23도가 되고, 그 크기는 지구의 절반 정도의 작은 행성이라고 한다. 화성의 희박한 대기는 이산화탄소로 이루어져 있으며, 과거 화성에 대량의 물이 있었다는 증거는 있지만, 생명체의 존재 여부는 아직까지도 밝혀내지 못했다고 한다.

하지만, 그러나 이재복 시인의 「화성」은 상상 속의 화성이지, 자연과학적인 화성이 아니다. 또한 그 화성은 어린 소년의 꿈의 산물이지, 현대 자본주의 사회의 투자의 대상으로서의 화성이 아니다. 화성은 새로운 세계이며, 어린 소년이 그 꿈을 펼쳐나가야 할 이상낙원이라고 할 수가 있다. 이재복 시인의 이상낙원을 찾아가는 데는 지혜와 용기와 성실이 가장 중요한데, 왜냐하면 지혜는 새로운 세계를, 용기는 인간의 의지를, 그리고 성실은 그 어떠한 위험과 시련에도 불구하고 그 목표를 도달할 수 있는 최선의 방법이 되어주고 있기 때문이다. 세계적인 대제국의 대왕이 되고 싶었던 알렉산더의 꿈, 불가능은 없다라고 알프스를 넘어갔던 나폴레옹의 꿈, 나는 프랑스를 구원해야 할 사명감을 타고 났다는 잔 다르크의 꿈, 천동설을 지동설로 바꾼 코페르니쿠스의 꿈, 소혹성 B 612호에 살면서 그 천사와도 같은 마음으로 전인류의 마음을 사로잡았던 어린 왕자의 꿈─. 이러한 꿈들이 그 꿈의 주인공들을 더없이 고귀하고 위대하게 만들어 주고 있었던 것이다.

엄마는 평범한 엄마이며, 일상성의 덫에 갇힌 엄마에 지나지 않는다. 일상성의 덫이란 새로운 것과 머나먼 세계를 배척하고, 자그만 꿈과 자그만 세계에 안주하면서, 결코 그 세계를 벗어날 수 없는 이 세상의 어중이 떠중이들의 그것을 말한다. 엄마는 열심히 공부하라고 말하면서도 천체물리학을 공부하는 것을 반대하고, 불의를 보면 참지 말라고 말하면서도 '임금님은 사나운 폭군'이라고 말하지 못하게 하고, 또한 엄마는 언제, 어느 때나 성실하게 살아야 한다고 말하면서도 새로운 화성을 탐사하려는 아들의 꿈을 이해하지 못한다. 평범한 천체물리학자, 평범한 연구원, 평범한 교사, 평범한 군인, 평범한 예술가, 또는, 화려한 명예와 명성의 이름값도 못하는 가짜 인간이 그 엄마의 토양에서 자라나고, 전체 인류의 역사를 중세의 암흑기로 몰아가게 하고 있는 것이다. 고귀한 것, 위대한 것, 비범한 것은 엄마의 꿈에 있지 않고, 그 엄마의 꿈을 한없이 물어뜯는 아들의 반역 행위에 있는 것이다.

지혜는 빛이고 새로운 세계이고, 용기는 모험이고 뜨거운 심장이며, 성실은 존재의 근거이며 동체성의 확보이다. 지혜는 새로운 화성을 비추고, 용기는 반드시 화성으로 가야 한다고 말하고, 성실함은 이미, 벌써, 화성 위를 걸어다니게 만든다.

화성으로 갈 사람을 모집한다면/ 두렵지만 지원할 거야// 그곳으로 가서 다시 돌아오지 못한다해도/ 나는 갈 거야, "엄마는 절대 가지 말라고 하지만/ 상상하지도 않는다면 아무 일도 일어나지 않아/ 용감해져야 해// 화성은 점점 나를 용감하게 만들어/ 아직 발길이 닿지도 않았지만/ 내 꿈의 길은 벌써 그곳에 닿아 있어.

   화성은 신세계이며, 모든 인류의 이상낙원이다.
   어린 소년 이재복이 내딛는 발걸음은 새로운 종족창시자의 발걸음과도 같고, 새로운 세계가 열리는 그 첫날과도 같다.

   시는 상상에 기반을 두고, 역사는 기억에, 그리고 철학은 이성에 기반을 둔다. 나는 이 세 가지 중, '상상'이 가장 중요하다고 생각한다. 왜냐하면 모든 학문은 상상력에 기반을 두고, 상상력을 배양하는 데 그 목표를 두고 있기 때문이다.
   상상은 지혜를 낳고, 지혜는 용기를 낳고, 용기는 성실함을 낳는다.
   어린 소년 이재복은 키가 크고, 목재가 가장 좋은 소나무처럼 자라나지 않으면 안 된다.

   지상에서 자라나는 것 중에서, 오오, 이재복이여, 고귀하고 굳센 용기보다 더 소중한 것은 없다. 용기야 말로 가장 아름다운 미덕인 것이다. 이러한 용기로 인하여 수많은 화성들과 수많은 은하계들이 그 생기를 얻게 되는 것이다.

　나는 이재복처럼 자라나는 어린 소년을 소나무에게 비교한다. 키 크고 말이 없고, 단단하며 홀로이고, 목재가 가장 좋고, 사나운 비바람과 뼈를 깎는 듯한 추위속에서도 언제, 어느 때나 늘 푸른…….(이 대목은 니체의 『짜라투스트라는 이렇게 말했다』의 한 대목을 변형시켜본 것이다.)

고영민
식물

코에 호스를 꽂은 채 누워 있는 사내는 자신을 반쯤 화분에 묻어놓았다 자꾸 잔뿌리가 돋는다 노모는 안타까운 듯 사내의 몸을 굴린다 구근처럼 누워 있는 사내는 왜 식물을 선택했을까 코에 연결된 긴 물관으로 음식물이 들어간다 이 봄이 지나면 저를 그냥 깊이 묻어주세요 사내는 소리쳤으나 노모는 알아듣지 못한다 뉴스를 보니 어떤 씨앗이 700년만에 깨어났다는구나 노모는 혼자 중얼거리며 길어진 사내의 손톱과 발톱을 깎아준다 전기면도기로 사내의 얼굴을 조심스레 흔들어본다 몇 날 며칠 병실 안을 넘겨다보던 목련이 진다 멀리 천변의 벚꽃도 진다 올봄 사내의 몸속으론 어떤 꽃이 와서 피었다 갔을까 병실 안으로 들어온 봄볕에 눈꺼풀이 무거워진 노모가 침상에 기댄 채 700년 된 씨앗처럼 꾸벅꾸벅 졸고 있다

— 고영민 시집, 『구구』에서

아름답고 행복한 삶이란 무엇이며, 아름답고 행복한 죽음이란 무엇일까? 자기가 하고 싶은 일을 하고, 그 일이 끝나면 죽는다는 것, 바로 이것이 지상 최대의 행복이라고 나는 생각한다. 현대사회는 고령화 사회이며, 고령화 사회는 인류의 역사상 최고의 재앙이며, 곧바로 모든 인류의 소멸로 그 대단원의 막을 내리게 되어 있다고 하지 않을 수가 없다. 빨리 죽는다는 것은 애국하는 것이며, 모든 자식들을 다 효자로 만들고, 단 하나 뿐인 지구를 더욱더 아름답고 풍요롭게 하는 것이다.

고영민 시인은 자기 자신의 코에 호수를 꽂은 사내를 자신을 반쯤 화분에 묻은 사내라고 말하고, 그리고 그 사내가 둥근 뿌리를 지닌 식물의 삶을 선택했다고 말한다. 이 동물이 아닌 식물성 사내는 더 이상 이 세상의 삶에 미련이 없다는 듯이 "이 봄이 지나면 저를 그냥 깊이 묻어주세요"라고 말하지만, 늙은 노모는 그 사내의 손톱과 발톱을 깎아주고 그 호스로 음식물을 넣어주며, "어떤 씨앗이 700년만에 깨어났다는구나"라는 시구에서 처럼, 그 아들에 대한 미련을 버리지 못한다. 늙은 노모는 기적을 바라고, 젊은 아들은 이미 죽음의 신과 손을 잡고 있다.

고영민 시인은 식물 인간인 아들과 그 아들을 돌보는 늙은 노모와의 관계를, 그 어느 누구보다도 구체적인 이야기를 통하여 서정시의 진수를 보여준다. "이 봄이 지나면 저를 그냥 깊이 묻어주세요"라는 아들에 대한 심리묘사도 탁월하고, "뉴스를 보니 어떤 씨앗이 700년만에 깨어났다는구나"라는 늙은 노모에 대한 심리묘사도 탁월하다. 구체적인 체험이 없으면 도저히 쓸 수 없었을 것 같은 "코에 호스를 꽂은 채 누워 있는 사내는 자신을 반쯤 화분에 묻어놓았다 자꾸 잔뿌리가 돋는다"라는 중환자실의 정경묘사도 탁월하고, "몇날 며칠 병실 안을 넘겨다보던 목련이 진다 멀리 천변의 벚꽃도 진다 올봄 사내의 몸속으론 어떤 꽃이 와서 피었다 갔을까 병실 안으로 들어온 봄볕에 눈꺼풀이 무거워진 노모가 침상에 기댄 채 700년 된 씨앗처럼 꾸벅꾸벅 졸고 있다"라는 계절의 변화에 대한 정경묘사도 탁월하다. 고영민 시인은 철학자인데, 왜냐하면 그는 삶과 죽음에 대하여 이야기하고 있기 때문이다. 고영민 시인은 심리학자인데, 왜냐하면 그는 식물 인간인 아들과 늙은 노모의 심리에 정통하기 때문이다. 고영민 시인은 사실주의자인데, 왜냐하면 그는 인간의 심리와 중환자실의 정경, 그리고 계절의 변화를 극사실적으로 표현하고 있기 때문이다. 자기 자신의 코에 호스를 꽂고 그 호스를 통하여 음식물을 먹고 있는 사내, 자기 자신을 반쯤 화분에 묻어놓고 구근처럼 누워 있는 사내, 이 봄이 지나면 이 세상의 삶에서 해방되고 싶다는 사내가 그것이 아니라면 무엇이고, "뉴스를 보니 어떤 씨앗이 700년만에 깨어났다"고 중얼거리는 늙은 노모, 식물 인간인 아들의 손톱과 발톱을 깎아주며 전기면도기로 수염을 깎아주는 늙은 노모, 700년 된 씨앗처럼 꾸벅꾸벅 졸면서도 그 아들의 소생에 대한 희망을 버리지 않는 늙은 노모가 그것이 아니라면 무엇이란 말인가?

하지만, 그러나 고영민 시인은 아름답고 행복한 삶과 아름답고 행복한 죽음에 대하여 그 어떠한 말도 하지 않는다. 다만 살아 있어도 죽은 것이나 마찬가지인 식물 인간과 그 식물 인간의 기사회생을 꿈꾸는 늙은 노모의 모습을 사실 그대로 보여주고 있을 뿐―. 과연 아들이 먼저 죽어야 하는 것일까? 늙은 노모가 먼저 죽어야 하는 것일까? 젊은 아들은 너무 일찍 죽고 늙은 노모는 너무 오래 산다. 이 반자연적인 역설이 '700년의 삶', 즉, '불로장생의 꿈'으로 이어지고 있는 것이다. 아니, 아니, 내가 틀렸고, 내가 너무나도 섣부른 판단을 내렸던 모양이다. 고영민 시인은 젊은 아들이 살아야 하고, 늙은 노모가 빨리 죽어야 한다는 사실을 이 '불로장생의 꿈'을 통하여 역설적으로 들려주고 있는 것인지도 모른다.

고령화 사회는 불로장생의 꿈이 실현된 사회이며, 산송장이 젊은 청년들의 생명을 마치 흡혈귀처럼 빨아먹는 사회에 지나지 않는다. 자연파괴와 자원고갈, 기온상승과 이상기온―. 앞으로 지구의 온도가 2~3도 더 올라갈 때, 바로 그때에는 자연의 재앙이 우리 인간들의 불로장생의 꿈을 심판하게 될 것이다.

늙은 노인에게는 죽음처럼 반갑고, 죽음처럼 따뜻한 것도 없다. 죽음처럼 기쁘고, 죽음처럼 아름다운 것도 없다. 죽음은 소나무이고 바오밥나무이며, 죽음은 죽음으로서 죽지 않는 생명나무이다. 죽음은 만병통치약이고, 유일무이한 구세주이고, 대자연의 축복이다.

죽음만이 아름다운 꽃을 피우고, 죽음만이 영원하고,
또, 영원하다.

조성례
천상음악회

벌레의 흔적이 없는 푸른 유두를 매단 채
사방에 대고
먹어먹어,
바람의 전언을 들은 참새 떼들
아침저녁으로 배 불리는 소리 소란하다
그럴 때마다
바람이 한 번씩 찾아와
머리 쓰다듬어주니
반짝반짝 뒤집히는 이파리들,

벌레에게 먹히고
바람에게 젖을 물린 대추나무
더 이상 내어줄 것 없는 성자가 된다
성화 속에서
아버지에게 젖을 물린 딸의 얼굴이 저러했을까

푸드득 이 가지 저 가지에서
새들의 노래가 날아간다
푸른 음악회는 매일 만석 공연이다
박새, 참새, 모든 텃새들은
늦잠 자고 일어난 개밥바라기별(샛별)에게도
푸른 유두를 물려준다

미처 자리 거두지 못한 초승달의 입술이
귀밑까지 찢어지는 시간
천상공연에 초대받은 내 귀는
매일 닷 푼씩 자라고 있다
— 조성례, 『애지』, 2016년 봄호에서

천하제일의 풍경이 아름다운 것일까? 천하제일의 풍경을 아름답게 바라보는 인간의 마음이 아름다운 것일까? 미학이란 아름다움을 아름답게 볼 수 있는 인간만의 특권이고, 이 미학에 대한 역사 철학적인 지식이 있는 한 천하제일의 풍경마저도 그것을 아름답게 바라볼 줄 아는 인간의 의지의 산물에 지나지 않는다. 아름다움을 아름다움으로 바라볼 수 있는 동물은 인간밖에 없으며, 만일, 인간이 없다면 천하제일의 풍경마저도 그 어떠한 미학적 가치를 지니지 못했을 것이다. 인간이 자연을 모방하는 것이 아니라 자연이 인간을 모방한다. 아니, 자연도, 천하제일의 풍경마저도 '창세기의 하나님'과도 같은 우리 인간들의 걸작품에 지나지 않는다.

시는 예술이며, 시의 창조주는 인간일 수밖에 없다. 자연은 예술이며, 자연의 창조주도 인간일 수밖에 없다. 조성례 시인의 「천상음학회」 연출자는 시인이고, 주연배우는 대추나무이며, 그밖의 벌레, 참새, 바람, 박새, 텃새, 개밥바라기별 등은 조연배우들이다. 무대는 시골이고, "벌레의 흔적이 없는 푸른 유두를 매단 채/ 사방에 대고/ 먹어먹어"라고 대추나무가 외치면서 그 무대의 막이 오르고, "그럴 때마다" 벌레, 바람, 박새, 텃새, 참새, 모든 새떼들이 대추나무의 푸른 젖을 먹으면서 「천상음학회」는 그 절정을 향해 달려가게 된다. "늦잠 자고 일어난 개밥바라기별(샛별)에게도/ 푸른 유두를" 물리고, "미처 자리 거두지 못한 초승달의 입술이/ 귀밑까지 찢어"지고, "천상공연에 초대받은 내 귀"가 "매일 닷 푼씩 자라"날 때까지 이 「천상음악회」는 그 막을 내릴 줄을 모른다.

때는 초여름이고, 아침 저녁으로 푸른 대추알들을 바라보면서, 조성례 시인은 그것을 푸른 유두로 변형시킨다. 푸른 유두는 대지의 여신과도 같은 어머니의 상징이며, 어머니는 그 넓은 가슴으로 모든 생명체들을 다 품어 기른다. "벌레의 흔적이 없는 푸른 유두를 매단 채/ 사방에 대고" 모든 만물들을 유혹하는 대추나무, 참새떼와 바람에게 먹히고 벌레에게 먹힌 대추나무, 박새, 참새, 텃새, 개밥바라기별에게도 푸른 유두를 물리고, 이윽고 "성화 속에서/ 아버지에게마저도 젖을 물린 딸의 얼굴"이 된 대추나무—. 대추나무는 모든 것을 다 내어 준 성모가 되고, 이 성모의 힘으로 "푸른 음악회는 매일 만석 공연이" 된다.

천상음악회는 조성례 시인이 연출해낸 푸른 음악회이고, 모든 만물들이 그 황홀함의 절정에서 자기 자신의 행복을 연주하게 된다. 황홀함은 '나'를 망각한 황홀함이며, 이 '나'를 망각함으로써 '우리'로서 하나가 된 황홀함이라고 할 수가 있다. 하모니(조화)는 나를 버릴 때 이루어지고, 나는 나를 버릴 때, '우리'로서 하모니를 이루게 된다. 나를 버리지 않으면 나는 '우리'가 없는 나가 되고, '우리'가 없는 나는 자기가 소속된 집단과 국가가 없는 '떠돌이-나그네'가 된다. 나를 버리면 나는 우리로서 하나가 되고, 우리로서 하나가 된 나는 내가 소속된 집단과 국가 속에서 나의 행복을 마음껏 향유할 수가 있는 것이다. 요컨대 국가가 먼저이고, 그 다음이 우리이고, 그 다음이 자기 자신인 것이다. 문화선진국민은 전체의 이익을 앞세우고, 문화후진국민은 개인의 이익을 앞세운다.

천상음악회는 '우리'의 음악회이며, '우리'로서 내가 행복해지는 음악회이다. 천상음악회에는 도덕도 없고, 법률도 없다. 근친상간도 가능하고, 혼음과 집단성교도

가능하지만, 그러나 그러한 불경스러운 용어조차도 존재하지 않는다. 모든 것이 가능하고 어느 것 하나 부족한 것이 없다. 이 보다 더 순수하고, 이 보다 더 아름답고, 이 보다 더 평화롭고, 이 보다 더 행복한 세상이 과연 어디에 있을까?

하모니란 때 묻지 않음이며, 너와 내가 하나가 될 수 있는 '사무사思無邪의 꽃'이다. 자연을 아름답게 볼 줄 아는 조성례 시인의 탁월함이 「천상음악회」를 기획했고, 날이면 날마다 하나님도 감동시킬 만큼의 '만석공연'을 연출해내게 되었던 것이다.

시는 아름답고 영원하지만, 자연은 아름답지도 않고 영원하지도 않다.

이경숙
상처의 꽃

손가락에도 심장이 있는지
감싸 쥐면 쥘수록
팔딱이며 열이 난다

첫사랑, 그 남자의 뜨거운 체온 같은
빨갛게 달아오른 손을 보며
손톱 밑에 박힌 가시를 찾는 밤

퉁퉁 부어 커진 손가락을 보다가
첫사랑, 그 남자가 손끝에 닿으면
숨 막히도록 예민하게
온몸을 곤두세우던 날들을 생각한다

찌릿하게 심장은 쿵쾅거리고
마주 잡으면 따뜻한 손

캄캄한 밤을 못 견디고 하르르 무너질 때
검붉은 화농을 따뜻한 손으로 꾹꾹 짜내며
첫사랑, 그 남자가 떨면서
아프지 마, 아프면 안 돼

꽃이 툭 떨어진다
꽃송이가 다 상처다

― 이경숙 시집, 『몸속에 그늘이 산다』에서

이 세상의 삶의 절정은 꽃이며, 이 꽃 이후로는 어린 새끼들에게 자기 자신의 살을 다 뜯어 먹히고 죽어가야만 하는 가시고기와도 같다. 엄마의 뱃속에서 태어나는 것도 꽃을 피우기 위한 것이고, 밥을 먹고 공부를 하는 것도 꽃을 피우기 위한 것이다. 사무실에서, 텃밭에서 일을 하는 것도 꽃을 피우기 위한 것이며, 온갖 만고풍상을 다 겪으면서도 그것을 참고 견디는 것도 꽃을 피우기 위한 것이다.

　꽃은 종족보존욕망의 소산이며, 이 종족보존욕망은 그 어떠한 욕망보다도 우선한다. 그는 수많은 학대와 중상모략과 수치심과 질투심과도 싸우지 않으면 안 되었고, 그는 외부의 침입자와 내부의 경쟁자들을 물리치고, 그 결과, 최고급의 꽃을 피우기 위하여 끊임없이 자기 자신을 학대하고 못 살게 굴지 않으면 안 되었다.

　꽃은 아름답지만, 이 꽃의 기원에는 그토록 잔인하고

피 비린내 나는 싸움이 있었던 것이다.

> 꽃이 툭 떨어진다
> 꽃송이가 다 상처다

이경숙 시인은 아주 익숙한 사물들과 평범한 일상생활을 시적 소재로 삼으면서도, 그러나 그것을 새로운 언어와 감수성으로 표현하는 시적 재능을 보여주고 있다고 할 수가 있다. 이때의 시적 재능은 상상력의 혁명으로 이어지고, 이 상상력의 혁명은 언어적 차원에서 새로운 인식의 혁명으로 이어진다.

손톱 밑에 가시가 박혔고, 그 아픔으로 손바닥이 퉁퉁 부어 올랐다. "손가락에도 심장이 있는지/ 감싸 쥐면 쥘수록/ 팔딱이며 열이" 나게 되었고, 그 결과, "검붉은 화농"을 꾹꾹 눌러 짜내게 되었다. 다시 말해서, 손톱 밑에 가시가 박히고 그 가시를 파내기까지의 과정을 묘사한 것이 「상처의 꽃」이지만, 그러나 이처럼 평범한 일상생활의 이야기에 첫사랑을 대입하자마자, 전혀 엉뚱하고 새로운 주제가 탄생하게 되었던 것이다. 소재는 자연의 산물이고, 주제는 인식의 산물이다. 상처는 첫사랑이 되고, 첫사랑은 심장이 쿵쿵 뛰는 흥분과 그 설레임을 가져다 준다. 흥분과 설레임은 "첫사랑, 그 남자가 손끝에 닿으면/ 숨 막히도록 예민하게/ 온몸을 곤두세우던 날들"처럼 감각의 예민성을 자극하고, 이 감각의 예민성은 "캄캄한 밤을 못 견디고 하르르 무너질 때"처럼 그에게 몸을 맡기고 처녀막을 터뜨리게 된다. 어떻게 퉁퉁 부어 오른 손가락에서 첫사랑의 신열을 떠올리는 것이 새롭지 않을 수가 있겠으며, 또한 어떻게 피고름을 짜내는 것을 꽃의 개화—처녀막의 터짐—로 표현하는 인식의 전환이 새롭지 않을 수가 있겠는가?

시는 상처가 되고, 상처는 꽃이 된다.

"아프지 마, 아프면 안 돼."

하지만, 그러나 아프지 않은 사랑(삶)은 없고, 이 세상의 삶이 「상처의 꽃」과도 같다.

삶은 상처이고, 상처는 검붉은 화농(피고름)으로 활짝 핀다.

복효근
벌

지독한 벌이다

이중으로 된 창문 사이에
벌 한 마리 이틀을 살고 있다

떠나온 곳도 돌아갈 곳도 눈앞에
닿을 듯 눈이 부셔서

문 속에서 문을 찾는
벌

―당신 알아서 해
싸우다가 아내가 나가버렸을 때처럼

무슨 벌이 이리 지독할까

혼자 싸워야 하는 싸움엔 스스로가 적이다

문으로 이루어진 무문관無門關

모든 문은 관을 닮았다

— 『창작과 비평』, 2015년 겨울호에서

우리 한국인들에게 가장 부족한 것은 고귀하고 위대한 인물들에게 경의를 표할 줄을 모른다는 것이다. 경의는 존경과 찬양의 표시이며, 그 인물들을 자기 자신의 스승으로 삼고 모든 점에서 그 스승들을 뛰어넘겠다는 의지의 산물이기도 한 것이다. 플라톤은 소크라테스에게 경의를 표했고, 아리스토텔레스는 플라톤에게 경의를 표했다. 알렉산더 대왕은 아리스토텔레스에게 경의를 표했고, 그 스승의 가르침에 따라서 '전쟁이 없는 나라', 즉, 영원한 문화제국인 알렉산드리아를 건설하고자 했었다. 나폴레옹은 알렉산더에게 경의를 표했고, '불가능은 없다'라는 신념 하나로 '전쟁이 없는 나라', 즉, 유럽연방을 건설하고자 했었다. 경의를 표한다는 것은 끊임없이 그 스승의 삶과 태도를 배우고, 자기 자신을 높이 높이 끌어 올리겠다는 것이다. 경의는 모든 진리 탐구의 첫걸음이며, 모든 문화적 영웅들의 입문의례라고 할 수가 있다. 친일파는 많지만, 일본의 장점은 하나도 배우지를 못했다. 반일로서 일본을 이길 수는 없고, 일본인들에게 경의를 표하고 그 장점들을 하나하나 배우게 될 때, 우리 한국인들은 전세계인들로부터 존경을 받는 고급문화인이 될 수가 있을 것이다.

우리 한국인들은 '경의'를 표하는 법을 배우기 위하여 '지독한 벌'이 되지 않으면 안 된다. "떠나온 곳도 돌아갈 곳도 눈앞에/ 닿을 듯 눈"부시지만, 그러나 그 모든 출구가 닫힌 곳에서 "문 속에서 문을 찾는/ 벌"이 되지 않으면 안 된다. 혼자 싸워야 하는 싸움, 스스로가 스스로에게 적이 되어야 하는 싸움, 그리하여 더욱더 고귀하고 위대한 적을 발견하고 그 적과 사생결단의 최종적인 승리를 이끌어내야 하는 싸움—. 비록 그 싸움이 가장 처절하고 비참한 죽음뿐인 싸움일지라도 이 '무문관의 싸움'을 두려워해서는 안 된다.

노예가 노예의 운명을 자각하지 못하고, 그 모든 수모를 기꺼이 감내—노예의 삶에 만족—하며 살아가는 노예들처럼 더 불쌍한 인간들이 있을까? 식량주권도 없고, 외교주권도 없다. 영토주권도 없고 안보주권도 없다. 통화주권도 없고 원자력주권도 없다. "우리 일본은 총과 대포보다 더 무서운 식민교육을 심어놓았다. 앞으로 조선인은 서로 이간질하며 노예적 삶을 살 것이다(전조선 총독 아베 노부유키)."

과연, 우리 한국인들이 "돈만 내세요, 면죄부는 여기에 있습니다"라고 로마 교황에게 반기를 들었던 마틴 루터가 되고, "만국의 노동자여, 단결하라"고 공산주의 사상을 주창했던 마르크스가 될 수가 있을까? 과연 우리 한국인들이 "폐하, 명예와 생명은 하나입니다. 아무리 폐하의 엄명일지라도 불명예를 짊어지고 살아갈 수는 없습니다"라고 영국귀족처럼 말할 수가 있고, "여기는 한국땅, 미군은 즉시 물러가라"라고 말할 수가 있을까?

일본으로부터, 미국으로부터, 영국으로부터, 프랑스로부터, 중국으로부터 아무 것도 배우지 못했다는 것은 우리 한국인들이 '경의'를 표하는 법을 배우지 못했기 때문이다.

고귀하고 위대한 것에 경의를 표할 줄 안다는 것은 고귀하고 위대한 것을 배우는 것이며, 모든 고급문화인들의 첫걸음이기도 한 것이다.

우리는 지독한 벌이 되지 않으면 안 되고, 노예의 운명을 하루바삐 벗어버리지 않으면 안 된다.

나태주

사랑은

사랑은
거울,

사랑하는 사람을 통해서 보는
또 하나의 나.

사랑은
색안경,

사랑하는 사람을 통해서 보는
물들인 세상.

자수정빛 연둣빛으로
때로는 회색빛으로

사랑은

하늘,

나 혼자서 다다를 수 없는

이상한 나라의 구름층계.

— 나태주 시집,『사랑이여 조그만 사랑이여』에서

나태주 시인은 일찍이 "시는 사랑의 한 표현 양식이며, 사랑이 없는 곳에는 시도 없다"라고 말한 바가 있다. 왜냐하면 인간은 사랑에 의해서 완성되기 때문이다. 나태주 시인의 『사랑이여 조그만 사랑이여』는 과거와 현재와의 대화, 즉 30대 중반의 젊은이와 70대 초반의 노인과의 대화라고 할 수가 있다. 무한한 가능성의 화신인 젊은이와 이제 그 가능성에 종지부를 찍어야 하는 노인과의 대화는, 그러나 이 '사랑'이라는 주제가 있었기 때문에, 그 어느 때보다도 더욱더 아름답고 풍요로울 수밖에 없었던 것이다. 사랑은 영원한 청춘이고, 사랑은 노년을 모른다. 사랑은 만물의 창조주이며, 사랑은 만물을 성장시키는 힘이고, 사랑은 죽음마저도 또다른 생명으로 탄생시킨다.

태초에 사랑이 있었고, 시인은 사랑으로 이 세계를 창출해냈다. "사랑한다는 것은" "내가 너를 믿는다는" 것

이고, "사랑한다는 것은" "내가 너를 기다린다는" 것이
다. "사랑한다는 것은" "내가 너를 오래 잊지 않는다는"
것이고, "사랑한다는 것은" "네가 떠난 자리에 나 혼자
남는다는" 것이고, "사랑한다는 것은" "내가 너를 용서
한다는"(『사랑한다는 것은』) 것이다. 이러한 믿음과 기
다림과 용서 등이 있었기 때문에, 나태주 시인은 『사랑
이여 조그만 사랑이여』라는 소우주를 창출해낼 수가 있
었던 것이다.

너로 하여
세상이 초록빛으로 변했다면
아마 너는 나를
거짓말쟁이라 할 것이다.

너로 하여
세상이 갑자기 신바람 나는 세상이 되었다면
역시 너는 나를
거짓말쟁이라 할 것이다.

너를 얻은 뒤부터

세상 전부를 얻은 것 같았다고 말한다면

더더욱 너는 나를

거짓말쟁이라 할 것이다.

너로 하여

나의 세상이 서럽고 외로운 세상이 되었다면

그 또한 너는 나를

거짓말쟁이라 할 것이다.

— 「사랑의 기쁨」 전문

　사랑은 힘이고, 사랑은 천의 얼굴을 가진 신이며, 그가 연출해낸 희비극은 언제, 어느 때나 천하무적의 만석공 연을 연출해내게 된다. 왜냐하면 사랑으로 인하여 세상 은 초록빛으로 변했기 때문이고, 왜냐하면 사랑으로 인 하여 신바람 나는 세상이 되었기 때문이다. 사랑을 얻으 면 이 세상의 전부를 얻는 것이 되는 것이고, 이 세상의 전부를 얻는다는 것은 더없이 "황홀하도록 기쁜 일"(「고 백」)이기도 한 것이다. 「사랑의 기쁨」의 "너로 하여/ 세 상이 초록빛으로 변했다면/ 아마 너는 나를/ 거짓말쟁이 라 할 것이다"의 '거짓말쟁이'는 대단한 반어, 즉 대단한 역설이 아닐 수가 없는 것이다. 아무튼 거짓말쟁이의 기쁨이 사랑의 기쁨이 되고, 이 사랑의 기쁨이 신바람 나는 세상이 되고 있는 것이다.

사랑은 거울이고, 사랑은 또하나의 나이다. 사랑은 색안경이고, 나는 이 색안경으로 이 세상을 "자수정빛 연둣빛으로/ 때로는 회색빛으로" 물들인다. 사랑은 하늘이고, 나 혼자서는 다다를 수 없는 구름층계이다. 그 높디높은 하늘, 그 이상한 나라의 구름층계에 도달하기 위하여 오늘도 '사랑의 시학'의 연출자인 나태주 시인은 이렇게 기도한다.

죽는 날까지 이 마음이
변치 않게 하소서.
죽는 날까지 깨끗한 눈빛을
깨끗한 눈빛으로 바라보게 하소서.
사랑하는 사람을 지키는
작고 가난한 등불이게 하소서.
꺼지지 않게 하소서.
─「기도」 전문

이현채

분홍, 분홍, 분홍

외로움은 분홍색이네

한 기억이 나를 방문하면
한 여자가
국수를 먹네

자살한 아이를 강물에 뿌리고 온
외숙모 같은
감옥에 갇힌 남편을 면회 갔다 온
이웃집 여자 같은

외로움은 분홍색이네

저만치 앉아 있는
한 여자가

국수를 먹네

긴 머리칼을 늘어뜨리고
가느다란 흐느낌으로
젓가락질을 하네

외로움에 색칠을 하네
— 『애지』, 2016년 봄호에서

불이 나면 밥 먹는 것도 잊지만 불이 꺼졌을 때는 잿더미 위에서도 밥을 먹는다. 부모형제가 죽으면 금방이라도 따라 죽을 것처럼 서럽게 통곡을 하다가도 그 울음을 그치고 나면 밥을 먹게 된다. 죽은 사람은 죽은 사람이고 산 사람은 산 사람이기 때문이다. 너와 나는 영원한 개체성을 선고받았고, 이것이 우리 인간들의 외로움의 전거가 된다.

하지만, 그러나 우리 인간들은 사회적 동물이고, 그 모든 일들을 분업과 협업의 형태로 해나가지 않으면 안 된다. 따라서 개체성과 사회성이라는 상호 이율배반적인 길을 걸어가지 않으면 안 되고, 이 길은, 마치 어떤 곡예사의 외줄타기와도 같은 길이 된다. 건너가는 것도 어렵고, 뒤돌아가는 것도 어렵고, 더,더군다나 그 줄에서 떨어진다는 것은 이 세상에서 영원히 떠나간다는 것을 뜻한다. 줄은 개인성과 사회성이 뫼비우스의 띠처럼 얽혀진 줄이며, 그 줄 위에서의 삶은 때로는 장미빛 희망으로,